美味しい人妻ハーレム

鷹澤フブキ

竹書房ラブロマン文庫

目次

この作品は、竹書房ラブロマン文庫のために
書き下ろされたものです。

第一章　美熟妻との甘い初体験

「わあーっ、すっごーい。美味《おい》しそうっ」

「ホントだわ。びっくりするくらいに手際がよくて、惚れ惚れしちゃう。見るからにプロのお料理って感じよね」

清潔なシステムキッチンが完備された、マンションの一室。

そのリビングのテーブルに、慣れた手つきで差しだされた皿を前に、ふたりの女は歓声をあげた。ややわざとらしく思えるほどはしゃいだ声は、三十代の人妻には少々似つかわしくないように思える。

皿に盛られているのは、ちりめんじゃこと大葉のパスタだ。彩《いろど》りよく見えるように、皿の縁《ふち》には半分に切ったミニトマトもランダムに添えてある。

「サラダとコーヒーも出しますね」

そう言うと、西山涼太《にしやまりようた》はミニサラダとコーヒーをテーブルに並べた。

二十五歳の涼太は、百年以上続く老舗《しにせ》の料亭の三男だ。周囲には実家で働くスタッフがいたので、子供の頃から飲食の世界を身近に感じてきた。

とはいえ、年齢が離れた長男や次男がいるので実家を継げるわけではない。その代わりに高校を卒業すると調理の専門学校に通い、調理師免許を取得した。

国家資格を取得してからは、ホテルの厨房やフランス料理店などで働きながらスキルアップを目指してきた。

いつかは独立して自分の店を持つ、というのが涼太の夢だ。それを目指して実家暮らしを続けている。

ほんの一週間ほど前まで、涼太は隣町にある老舗のレストランで働いていた。規模は大きくなかったが、有名店で修業した経験があるという店主の料理はレベルも高く、開店前から行列ができることも少なくはなかった。

しかし、店主が高齢になったことや店舗の老朽化などが重なり、一カ月ほど前に急に閉店してしまったのだ。

知り合いや先輩にもいい就職先はないかと聞いてはみたが、このご時世では簡単には見つからない。

そんな中で助けになってくれたのが、今目の前にいる人妻たちだった。

二人は閉店した店の常連客で、スマホやネットなどには疎《うと》い高齢の店主たちの代わりに涼太がSNSなどで繋《つな》がっていたのだが、仕事を失った涼太に、料理の腕を活かしたアルバイトをしないかと声をかけてくれたのだ。

仕事の内容は、最近巷《ちまた》で流行《はや》っている顧客のリクエストなどに応じて、数日分の作り置きのオカズなどを作るという、いわば出張料理人のようなアルバイトなのだという。

失職して途方に暮れていた涼太にとって、これは願ってもないことだった。二つ返事で涼太がOKを出すと、まずは人妻の自宅に招かれ、実地試験として二人の前で料理の腕を披露することになったのだった。

「ねえ、写メを撮ってもいい？」

言うなりスマホを構えたのは、このマンションの部屋に住む山岡彩季《やまおかさき》だ。夫がいる彩季はリビングの一角を用いて、完全予約制のネイルサロンを開業している。

肩よりも長い髪の毛は毛先を緩《ゆる》めに巻いていて、猫を思わせるようなくっきりとした目元は漆黒のアイラインとマスカラで強調している。

完熟した白桃を連想させる、ふっくらとした柔らかそうな頬《ほお》。やや赤みの強いルージュで彩られた、ぽってりとした唇も印象的だ。

彩季はゆったりとしたグレーのワンピースの上に、かなりオーバーサイズのデニムのシャツを羽織っていた。男物かと思うような大きめのシャツを女性が着ると、逆に妙に女っぽく見えるから不思議だ。

「あら、じゃあ、わたしも」

彩季につられるように、その隣に座っていた赤城柚実《あかぎゆみ》もテーブルに載せられた料理へスマホを向けた。幼稚園に通う子供がいる柚実は、彩季とは違い専業主婦だ。

小柄な柚実は、肩よりも短めのボブカットだ。眉毛の辺りで切り揃えた前髪のせいか、もともと童顔っぽい顔立ちがいっそう若々しく見える。赤みの強いチェック柄のブラウスに、ダークブラウンのスカートというでたちだ。

メイクも極めてナチュラルな感じで、子供がいるとはとても思えない。流行りの言葉で例えるならば、ロリ系熟女という感じだろう。

ふたりはスマホを構えると、微妙《びみよう》にアングルを変えながら料理を撮影しはじめた。いまどきの女たちは年齢に関係なく、食べるよりも写メを撮ることを優先するタイプが多い。

慣れているとはいえ、料理を作った涼太としては温かいものは少しでも早く食べて欲しいと思ってしまう。でも、それを口に出したりはしない。

「それよりもいいんですか。ぼくまで食事をご一緒しても？」

少し遠慮がちに涼太が口を開く。

「もちろんよ、私たちだけが料理をいただいて、その間あなたに評価を待たせるのも気詰まりだもの」

「そうそう、せっかくのお料理なんだし、いっしょに食べた方が美味しいわ」

彩季たちは顔を見合わせながら、絶妙のタイミングで相槌《あいづち》を打つ。

「そういえば、おふたりは同級生なんでしたっけ？」

「あら、覚えていてくれたなんて嬉しい。ふたり揃って三十五歳よ。幼稚園の頃からクラスは違っても一緒だったから、同級生っていうよりも幼馴染みっていうほうがピンとくるわね」

涼太の問いに、彩季は嬉しそうに笑みを浮かべた。

「そうよね、大学まではなんだかんだでずっと一緒だったものね。就職してからは少し離れたときもあったけど、結婚をしたのも同じ頃だったし」

彩季の言葉に柚実も頷《うなず》く。

「そうそう、結婚が決まった頃に実家の近くにマンションが建つというので、この物件に決めたのまで一緒なんて不思議よね」

「お嫁に出すつもりだったのに、旦那を連れて実家の近くに住むことになったから、うちの親は猫がネズミを捕ってきたみたいだって喜んでいたわ」

「うちの親も同じようなことを言っていたわね。いざというときは娘のほうが頼りになるんですって」

ふたりはまるで女学生のように声を弾《はず》ませる。まさに阿吽《あうん》の呼吸という感じで、容姿はまったく似ていないのに、二卵性双生児ではないかと思ってしまうくらいだ。

「では、お言葉に甘えてぼくもご相伴《しょうばん》させてもらいますね」

並んで座ったふたりに向かい合うように、涼太も椅子に腰をおろす。

ふたりは液晶画面で画像を確認すると、ようやくひと息ついてスマホを離した。今度は右手でフォークを、左手でスプーンを摑《つか》む。

本場のマナーとは若干違うようだが、右手でフォーク、左手でスプーンを操って、パスタを器用にまとめて食べる日本の女性は少なくない。

「わあ、本当に美味しいわ。ちりめんじゃこと大葉を使うと、和風のパスタになるのね」

「冷蔵庫にあったものを、こんな風に上手にアレンジできるなんて流石《さすが》だわ。こんなに美味しいと、昼間なのにワインでも飲みたくなるから困っちゃうわね」

賛辞の言葉を口にしながら、ふたりはパスタを口元に運んでいく。フォークに巻きつけたパスタに合わせるように、華《はな》やかさを醸《かも》しだすルージュを塗《ぬ》った唇を大きく開いた。本来の唇の色とは違うルージュの色が目に眩《まぶ》しい。

涼太はパスタを食べながらも、ついつい視線が妙齢の人妻たちの口元に引き寄せられてしまう。口元からのぞくピンク色の舌先や綺麗に並んだ白い前歯を見るたびに、心ならずも胸がきゅうんと甘く疼《うず》いてしまう。

働いていた飲食店では、毎日のように他人が食事をする場面を目にしてきた。しかし、それ以外の場所で、しかもこんなにも至近距離で肉親や同僚以外の女がものを食べるという行為を見るのははじめてかも知れない。

ピンク色の舌先が上下左右に妖しく蠢《うごめ》き、きれいに並んだ白い歯が象牙色のパスタにきゅっと食い込む。たったそれだけのことなのに、なんだか胸がざわついてしまう。女がものを頬張る姿は、涼太の目には妙にエロティックに思えた。

テーブルを挟んで飲食を共にしているとはいえ、これは実地試験を兼ねた面接のようなものだ。緊張に肩先や背筋は強張《こわば》っているのに、ほんのわずかとはいえ下半身が不穏な熱を帯びるのを覚えてしまう。

うっ、嘘《うそ》だろ。ダメだって……。

涼太は自身に言い聞かせるみたいに、やや背筋を伸ばした。

「それで、アルバイトの件なんだけれど……」

彩季が切りだした言葉に、涼太はハッと我に返った。

「ああ、そのことですね。パスタはいかがでしたか？　急なことだったので、冷蔵庫の中にあったもので作ってみたんですが、お口に合いましたか？」

「もちろん、とっても美味しかったわ。とても即興で作ってくれたなんて信じられないくらいよ。それで、さっそくだけど今週からうちに来てくれるかしら。この間、メールで送ったけれど、冷蔵や冷凍で保存できる主菜や副菜づくりをお願いしたいのよ」

「最近、流行っているという作り置きオカズというやつですね。一回のアルバイトで、十品から十二品くらいを作れますし、時間的にも可能だと思います。あらかじめレパートリーをメールで送るので、その中から選んでもらってもいいですし、もしもリクエストがあればそれにも対応するようにしますが？」

「そうなの、そうしてもらえると嬉しいわ。アルバイト代はこの間メールでご相談したくらいの金額でいいかしら？　もちろん、その都度ごとにお支払いするわ。わたしって食材を買っても無駄にしてしまうこともあって。別料金と実費もお支払いするから、ときには買い出しもお願いできると助かるわ」

「大丈夫ですよ。この辺りのスーパーの売り場なら頭に入っていますから」

事前に提示されていたアルバイト代は、専門職とはいえ二十五歳の涼太にとっては十分すぎる額だった。

「それならば安心だわ。どう、柚実もお願いしてみたら？　専業主婦っていったって、幼稚園の送り迎えやお弁当作りだって楽じゃないでしょう。ママ友たちとのお付き合いだってあるんだし」

「そうね、主人に相談してみるわ」

「そうだわ。知り合いの奥さんたちにも、涼太くんのことを宣伝しておいてあげる。お客さまはひとりでも多いほうがいいに決まってるものね」

話がトントン拍子に決まっていく。

実は涼太は、それなりに修業を積んだ料理人や栄養士が登録している、出張系の調理サービスを提供するサイトにも籍を置いていたのだが、今回は地元で長く続いてきた人気店にいた実績が助けになったといえる。

そもそも、まったく見ず知らずの人間を自宅にあげる、しかも主婦の聖域でもあるキッチンを預けることに抵抗を覚えることだってあるだろう。

これは忙しいときには調理だけではなく、ホールでの接客もそつなくこなしてきたことも功を奏《そう》したに違いない。高校生の頃から実家の料亭の仕事を手伝ってきたので、愛想のよさには多少なりとも自信がある。

「自宅で外食気分が味わえるなんて素敵よね」

彩季はすっかり舞いあがっている感じだ。柚実はそんな彩季をほんの少し羨ましそうに見つめている。仲がよいといっても、予約限定とはいえネイルサロンを開業している彩季と、子供がいる専業主婦の柚実とでは少なからず立場が違うようだ。

「じゃあ、細かいことは後でメールを送るわね。あっ、まだ柚実とは話があるから食器はそのままにしておいて」

「わかりました。では、今日のところはこれで失礼させていただきます」

席を立ち深々と頭をさげると、彩季はソファに置いてあったバッグを携《たずさ》え、玄関の外まで見送ってくれた。

「もしかしたら、次回にお買い物をお願いするかもしれないから預けておくわね」

彩季は周囲をちらりと見回すと、バッグの中から一万円札を二枚取りだし四つ折りにして、涼太の右手の中に少し強引な感じで押し込んできた。

「えっ、これって?」

突然のことに、涼太は少々戸惑った。反射的に押し戻そうとすると彩季は、

「アルバイトの相談っていうことで来てもらったのに、結局お料理まで作ってもらっちゃったし」

と小声で囁いた。

「でも、それは……」

「まあ、いいじゃない。失業中なんだし、あっても困るものではないでしょう。それにお買い物を頼むとしたら、立て替えてもらうわけにはいかないもの」

口ごもる涼太の手の甲を、彩季は両手でそっと包み込んだ。吸いついてくるようなしっとりとした質感が心地よくて、思わず声が洩れそうになってしまうのを必死で抑《おさ》え込む。

「ねっ、こちらからアルバイトをお願いしたのだから、預かるくらいの気持ちで受け取っておいてくれないかしら？」

周囲に聞こえないように潜めた声。言い聞かせるようなニュアンスが、いかにも年上の女という感じだ。ここまでされて手の中に押し込まれたものを突き返したら、せっかく決まったアルバイトの話もなかったことになってしまうだろう。

「わっ、わかりました。買い物代としてお預かりしておきます」

そう答えるのがやっとだった。涼太が小さく頭《こうべ》を垂《た》れると、彩季は安堵したように微笑《ほほえ》んでみせた。パスタを食べたことで、ルージュの色がやや淡くなっているのが妙に生々しい。きゅっと両の口角があがったふっくらとした唇に見惚《みほ》れてしまう。

「じゃあ、今後のことは後でメールするわね」

包んでいた両手を離すと、彩季は小さく手を振ってみせた。部屋の中には柚実もいるので、これ以上話し込むのも躊躇《ためら》われる。

エレベーターに向かって歩いていた涼太が振り返ると、彩季はまだ廊下で見送ってくれていた。そんなさりげない気遣いに、心がふんわりとあたたかくなる。

エレベーターに乗り込むと、急に気が抜けた気がした。

とりあえず、これで多少の収入は確保できたけれど……。

涼太の脳裏に、パスタをむにむにと頬張る口元が浮かぶ。

人妻さんって、あんなふうに色っぽいんだな……。

右手の甲をふんわりと包み込んだ、柔らかい手のひらの感触も生々しく蘇《よみがえ》ってくる。

「今後のことは後でメールするわね」

受け取りかたによっては意味深に聞こえる物言いが、耳の奥に張りついたみたいで同じフレーズが幾度となく頭の中でこだまする。

ばっ、馬鹿だな。なにを考えてるんだよ。あれはバイトのことに決まってるじゃないかっ……。

不埒《ふらち》な妄想を無理やり追い払うように、涼太はまぶたをぎゅっと閉じるとぶんぶんと頭を揺さぶった。


その日の夜に彩季からメールが送られてきた。メールの内容は昼間作ったパスタのお礼と、得意な料理のレパートリーを教えて欲しいというものだった。アレルギーはないとのことだが、苦手な食材などはきちんと書かれていた。

メニューの選択肢は多いほうがいいに決まっている。調理の専門学校を卒業しているが、その後にはホテルの厨房やフランス料理店などで修業を重ねてきた。短期間だが中国料理店の厨房で働いたこともある。

そこで温め直すだけで食卓に出せる料理や、冷凍保存に向く料理別にメニュー表を作ってメールで送った。意外と知られていないことだが、豆腐やコンニャクなど冷凍すると食感などが大きく損なわれてしまう食材も少なくはないからだ。

基本的な総菜から少し凝《こ》ったものまで、プロとしての経験をアピールするように構

成したメニュー表を送ると、彩季から、

「美味しそうなお料理がたくさんあるから迷っちゃうわ。今回はお勧めのものをお願いしたいから、預けたお金で食材を買ってきてくれると助かるんだけど」

と返信がきた。

これが好き、これを食べたいと言われるよりも悩むのが、お勧め料理を注文されたときだ。試されているようにも思えるが、そのぶん気合いも入るというものだ。

指定されたのは二日後の午後一時だった。その時間に合わせるように、近隣でも鮮度がよいとされているマーケットで買い物を済ませ、彩季のマンションへと向かった。

玄関のチャイムを押す指先に、あの日の帰り際に触れた彩季の手のひらの感触が蘇ってくる。それだけで、心臓の鼓動が急にばくんと大きな音を立てるのを感じた。

ドアが開くまでの時間が長く感じられる。耳の付け根の辺りがじんわりと熱を帯びていくみたいだ。食材を入れた保冷バッグを持つ手がかすかに汗ばむ。

「お待ちしていたわ。さあ、入って」

ドアを開けるなり、彩季は満面の笑顔で出迎えた。彩季は肉感的な肢体にフィットする、膝上丈《ひざうえたけ》の黒いニットのワンピースを着ている。

先日目にしたオーバーサイズのデニムのシャツを羽織っていたときとは、印象がまるで違う。これでもかとばかりに張りだした胸元に、視線が引き寄せられてしまう。

えっ、うわっ、すっごいっ……。

涼太は思わず視線を床の上にすっと落とした。それと気づかれないように、小さく深呼吸を繰り返して動揺を強引に押さえ込もうとするが、魅惑的なふくらみを目の前にしてはそう簡単に気持ちを切り替えられるはずもない。

そんな胸の内を知ってか知らずか、彩季は慣れたようすで、

「じゃあ、上着をお預かりするわね」

と涼太が羽織っていた薄手のダウンジャケットを受け取った。ダウンジャケットの下は清潔感が漂《ただよ》う白いワイシャツとネイビーブルーのチノパン姿だ。

リビングに向かうと、今日は来客の姿はなかった。急にふたりっきりだということを意識してしまう。こんなことくらいでどぎまぎしていては、仕事にならないと気持ちの切り替えを図《はか》ろうとする。

「先日は急なことだったたんで用意していなかったたんですが、今日はエプロンを持参しました」

持参したバッグの中から、濃紺のエプロンを取り出すと涼太は気合いを入れるように下腹に力を入れた。

涼太がエプロンを着けると、彩季は、

「へえ、男の人のエプロン姿ってなんだか新鮮だわ」

と嬉しそうに口元を両手で軽く押さえながら微笑んだ。くりっとした弧を描く目元をかすかに細める。まさに猫の目のようにくるくると変わる表現力豊かな表情に、心臓が早鐘みたいに派手な音を打ち鳴らす。

「そうそう、涼太くんのことをうちのネイルサロンのお客さまたちに宣伝してもいいかしら。それでね、こんなものを作ってみたんだけど。あっ、これはまだ作りかけだから配っていないし、迷惑なら宣伝もしないから言ってね」

そういうと、彩季はダイニングテーブルの上に伏せて置いてあったA４サイズのチラシを涼太の前に差しだした。それには「プロの作り置きオカズ」などの文字が素朴に並んでいて、いかにも素人がパソコンで作ったという感じの代物《しろもの》だ。

「どうかしら？」

彩季が顔をのぞき込んでくる。綺麗にカールしたまつ毛が小さく揺れるのを見ると、鳩尾《みぞおち》の辺りをぎゅっと摑まれるような気がした。失職したばかりの涼太のことを慮《おもんぱか》って、顧客になってくれるかも知れない相手に声をかけようとしてくれていたのだろう。

ああ、そうだったんだ。ぼくのことを心配してくれて……。

そう思うと、全身に力が漲《みなぎ》るような気がした。少なくとも期待を裏切るような真似だけはしたくはない。下腹の奥からそんな気持ちが湧きあがってくる。

「すみません、なにからなにまで気を遣ってもらってしまって。ご期待を裏切らないように頑張りますので、よろしくお願いします。さっそく、作業にかからせていただきます」

そう言うと、調理に取りかかった。今回作るのは主菜はローストビーフや魚の煮付けなどだ。その日の主菜が洋食なら副菜も洋食だし、主菜が和食なら副菜も和食というバランスを重視したメニューだ。

「それで、涼太くんがお料理をしている間は、わたしはなにをしていればいいのかしら？」

「ああ、そうですよね。先日、パスタを作ったときにキッチンは拝見しているので、だいたいわかると思います。調味料の置き場所とかをお尋ねすることもあるかもしれませんが……」

「じゃあ、リビングにいたほうがいいわね。ねえ、ときどき作りかたをのぞかせてもらってもいい？」

「もちろんですよ。参考になるかはわかりませんが。それと味見もお願いできたらと思います。ご家庭によって薄味が好みとか濃い味がお好きとかありますよね。せっかくなので、お好みの味に少しでも寄せられたらと思います」

「わあ、そんなふうに言ってくれるなんて嬉しいわ」

彩季は声を弾ませると、見るからにボリューム感に満ち溢《あふ》れた胸元で両手をぱんっと打ち鳴らした。

「あんまりじろじろ見ていたら邪魔になるだろうから。向こうで作りかけのネイルの作業の続きをしているわね。味見とかのときには呼んでね。でも、その前に、わたしがちらちらとのぞきに行っちゃうかも」

彩季の瞳は矢継ぎ早に湧きあがる好奇心によって、きらきらと輝いている。重たげに実った乳房やウエストからむっちりと張りだしたヒップラインは、二十代の女とは明らかに違って見える。

地球の引力に、少しだけ負けたといえばいいのだろうか。全体的にしどけなさを帯びた曲線美が、逆に牡《おす》の心を煽《あお》り立てる。十歳年上の人妻の肢体は、匂い立つような色香を漂わせている。

リビングの隅《すみ》に設《しつら》えられたネイル用の作業台に向かって、彩季は手元をのぞき込むようにして作業をはじめた。

それでも、ときおり視線をちらちらと投げかけてくるのを背筋に感じる。振り返りざま視線が重なると、彩季は遊びたい盛りの子犬みたいに駆け寄ってきて、涼太の手元をのぞき込んだ。

「それって、なにを作っているの？」

「いま作っているのは、キンキの煮付です。ちょうどよかった、煮汁の味見をしてもらえますか」

涼太の言葉にこくりと頷くと、彩季は小さじにほんの少しだけ盛られた煮汁を口元に運んだ。生姜などを加えたやや甘じょっぱい煮汁に神経を集中させるみたいに、アイシャドウで彩られたまぶたを伏せ、口元をむにむにと動かす。

その動きで、舌の上で煮汁をじっくりと舐《な》め転がしているさまが伝わってくる。それが妙に艶《つや》っぽくて、涼太は思わず息を飲んで見つめてしまった。

涼太の視線に気づいたのだろうか。彩季は小さく舌先を鳴らすと、満足そうに首を縦に振ってみせた。やや粒だった舌先で唇をちろりと舐める仕草が、若牡の劣情をかき立てる。涼太のことを意識しているのかいないのか、彩季の仕草はひとつひとつが意味深だ。

「美味しい……。本当に上手だわ。我が家が高級割烹になったみたい。やっぱりプロは違うのね」

「まあ、これでもプロですから。煮魚の基本の煮汁は酒、味醂《みりん》、醤油です。魚同士がぶつかるのでカツオだしは使いませんが、昆布だしの代わりに昆布茶を少し入れてもいいと思います。魚の種類や好みで生姜を入れると、さっぱりと仕上がりますよ」

「ふぅん、涼太くんって若いのによく知っているのね。それなのに少しも偉ぶる感じじゃないし。絶対に女の子にモテるでしょう？」

彩季は決めつけるように言うと、好奇心に駆られたような眼差しを投げかけてくる。

「えっ、そんなことは……」

涼太は言葉を濁した。突然投げかけられた言葉に、胸がばくんと大きく鼓動を打つ。高校生のときにはアルバイトという名目で、実家の料亭の手伝いをしていた。特に土日などが忙しいので、同級生たちも気を遣ってか遊びに誘うこともなかった。

専門学校に入ってからも似たようなものだったし、本格的に飲食店に就職してからは女の子にうつつを抜かしているような時間もなかった。飲食店というのは出勤日は長々と拘束されるので、休日は身体を休めることを最優先にしたくなる。そうなれば、同年代の女の子と出会うきっかけなどあるはずもない。

正直に言ってしまえば、同年代の女の子と付き合ったことなど一度もない。それどころか、性欲を持て余した男たちが通うその手の店にさえ、行った経験がないのだ。草食系男子どころか、正真正銘の童貞《チェリーボーイ》くんだった。だが、そんなことを十歳も年上の人妻に打ち明けられるはずもない。

「いまも彼女とかいるんでしょう？」

いるのが当たり前だというみたいに、彩季が距離を詰めながら畳みかけてくる。涼太は言葉に詰まるばかりだ。

「ち、近いですよっ」

涼太は身体を委縮させた。

「あら、ごめんなさいね。涼太くんって、もしかしたら純情なタイプだった？　だって、いかにも女の子から人気がありそうに思えたから……」

口元をもごもごさせる涼太の表情に気づいたのか、彩季はフォローするような言葉を口にした。

リビングの中に、気まずい雰囲気が充満していくみたいだ。目には見えないそれは、涼太の肩に覆《おお》い被《かぶ》さるみたいで重苦しさを感じてしまう。涼太はかすかにくぐもった声を洩らすと、下腹に力をぐっと蓄えた。

「なぁんてね。まさかいままで彼女のひとりもいなかったわけがないじゃないですか。ぼくだって二十歳を過ぎた男なんですから」

涼太はやや声を張って言いきった。カギ裂きになった布地の裂け目を摑み、びりびりと音を立て強引に引き裂いたかのように部屋の空気が一新する。わざと深刻ぶった演技でもしていたみたいに、舌をちろりと出してみせる。

「もう、いやだわっ、涼太くんったら意地が悪いんだから」

黒いニットスーツに身を包んだ彩季が、拗《す》ねたように肩先をぶつけてくる。

えっ、ちょっと……。彩季さんって大胆っていうか……。

まるで付き合いたてのカップルがじゃれ合っているみたいな仕草に、女慣れしていない涼太は肩先がヒクつくのを感じた。狼狽《うろた》える心を必死で押し殺す。

すべての調理を終えると、できあがった料理をそれぞれ保存容器に詰めた。片付けと並行して作業を進めていくのがプロの技だ。

色艶よく仕上がったキンキの煮付けは、涼太にとっても自慢の一品だ。ローストビーフも中心まできちんと火が通り、見るからに食欲をそそる色合いに仕上がった。

「わあっ、本当に美味しそう。やっぱりプロに頼んでよかったわ」

テーブルの上にずらりと並んだ料理を前に、彩季は口元を綻《ほころ》ばせる。

帰り際、涼太は先日預かっていたお金で食材を購入していたことを思いだした。

「あっ、すみません。お釣りを返すのを忘れていて」

涼太がレシートとお釣りを渡そうとすると、彩季はふたりだけの秘密とでもいうように、涼太の口元に指先を軽く押し当てた。

上下に開きかけた唇に触れた指先の温《ぬく》もりが、言いかけた言葉を簡単に封じ込んでしまう。まるで魔法にかかったみたいだ。

レシートを受け取ると、彩季はアルバイト代として用意してあった封筒に買い物の代金も加算して渡してくれた。前回渡された二万円は、いまだに涼太の手元に残ったままだ。


翌週の同じ曜日に、再び涼太は彩季の部屋を訪ねた。もちろん逢瀬《おうせ》ではなく、あくまでもアルバイトとしてだ。今回もお勧めのメニューでということだったので、事前にメニューを提案し食材を買い込んでいた。

わかりきっているはずなのに、彩季と接すれば接するほどに、雇用主とアルバイトという割りきった関係なのが切なく感じられる。

今日の彩季は白いブラウスに、濃いグレーの膝丈のスカート姿だ。第二ボタンまで外しているので、襟元から深々と刻まれた乳房の谷間がちらりとのぞく。スカートの裾から伸びる肉感的なふくらはぎは、見るからにもっちりとしている。

視線が吸い寄せられてしまう乳房は少なくともEカップ、もしかしたらFカップはあるかも知れない。

見てはいけないと思えば思うほどに、熟《う》れきった肢体が魅力的に思えて仕方がなくなる。涼太はやや落ち着きなく視線を泳がせながら、調理の支度に取りかかった。下味をつけたり、煮込む手間などがかかるメニューから作業を進めていく。

彩季はリビングのソファに座ってテレビの画面を眺めたりしながら、ときおりキッチンで作業をする涼太のようすをのぞきに来る。

「先日のお料理はいかがでしたか？　メニュー表以外にもリクエストがあれば、できる限り対応しますよ」

「本当に？　先日のキンキも美味しかったし、ローストビーフも最高だったわ。家庭では出せないお味よね。そうね、煮魚だったら、子持ちカレイとかも好きなの。メニュー表にあったスペアリブも美味しそうだったわね」

彩季は目元を緩めて笑ってみせた。まるで甘ったるい綿菓子の匂いが漂ってきそうな表情。知らず知らずのうちに、眉間に小さな皺が寄ってしまいそうになる。

料理をする手元をのぞき込む彩季の身体が近づくたびに、春風に吹かれて牡丹雪のような花びらを舞い散らす桜の花を思わせる優しい香りが、鼻腔にそっと忍び込んでくる。同じ部屋にいるだけで感じるような主張の強い香りではなく、恋人同士のような至近距離でなければ感じないような控えめな香りだ。

とはいえ、どんなに控えめでも香水の匂いは、本来は料理にとっては邪魔なものでしかない。香水をつけた客の出入りを制限する店さえあるほどだ。

それなのに、鼻先をくすぐる桜の花の匂いをもっと吸い込みたくなってしまう。涼太は息をゆっくりと吐いて肺の中を空っぽにすると、今度は少しずつ少しずつ息を吸い込んだ。

これ以上は苦しくて息を吸い込めないというところまで吸い込むと、呼吸を止める。まるで肺の中が、彩季の身体から漂う香りで満たされるみたいだ。どれほど呼吸を止めていただろうか。息苦しさを覚えた涼太は、名残《なご》り惜しさとともに息を吐きだした。

蠱惑的《こわくてき》な笑顔や肉感的な肢体に魅せられても、相手は人妻なのだ。それが狂おしい気持ちにますます拍車をかける。

「そういえば、女の子と付き合ったことはあるって言っていたけれど……」

「えっ……」

いきなりの問いかけに、声が裏返りそうになる。

「いまはお付き合いしている娘はいるのかなって。ねえ、彼女はいるの？」

「いっ、いや、それは……」

「だって、気になるもの。涼太くんってモテそうだから。この間会った柚実を覚えてる？　あの子も涼太くんはモテそうだって言っていたのよ。彼氏がさっと手料理を振る舞ってくれるって素敵じゃない。おまけに美味しかったら最高だもの。もっとも、自分よりもはるかに上手だったら引け目を感じちゃいそうだけど」

彩季は屈託のない笑顔をみせた。まるで、恋バナに目を輝かせる女子高生みたいな無邪気ささえ感じさせる。そんな表情を見ていると、胃の辺りをぐっと摑まれるような苦しさを感じてしまう。

「あーあー、なんだか妬《や》けちゃうなあ。涼太くんの彼女って、いっつも美味しい手料理を食べさせてもらっていたりするのかなって。羨ましくなっちゃうわぁ」

彩季は拗ねた物言いをすると、涼太の左の二の腕を指先で軽く突っついた。熟れきった肢体で年下の男を魅了するくせに、ときおり年下なのではないかと思うような仕草や物言いをする。そのギャップに胸がざわついてしまう。

彼女の指先が触れた二の腕が、じーんと甘く疼くみたいだ。会えば会うほどに、身体に彼女の温もりを感じるたびに、どんどん気持ちが彩季に傾《かたむ》いていく。それが身体のほんの一部に過ぎないとしてもだ。

それは抑えようがない感情だった。女の子と付き合ったことがあると見栄《みえ》を張ってしまったことが、いまさらになって悔やまれる。

「ぼくは……ぼくはモテたりしないですよ」

絞りだすように涼太は呟いた。

「またぁっ、謙遜《けんそん》なんかしちゃって。若いのに気が回るって、あのお店の常連のお客さんの間でも人気だったんだから」

「でも、本当なんです。ぼくはモテたりしないです。それどころか……」

口にしかけた言葉を涼太は無理やり飲み込んだ。

「えっ、なによぉ。言いかけて途中でやめたら、気になるじゃない？」

苦悶の表情を浮かべる涼太の左の二の腕に、彩季が肩先を二度三度と軽くぶつけてくる。指先が触れるのとは明らかに違う感触。

適度に脂《あぶら》が乗った女体の柔らかさを感じてしまう。肢体を左右にくねらせる彩季のブラウスの襟元《えりもと》には、くっきりとした谷間が浮かんでいる。

うぁっ、これって……。

肢体を揺さぶるたびに上下に弾む乳房のふくらみに、視線が釘づけになってしまう。ぷるるんという音が聞こえてきそうな柔らかそうな熟れ乳。思わず喉仏《のどぼとけ》が上下に蠢き、ごくりと音を立てる。

「ねぇねぇ、なにを言おうとしたの？」

彩季は執念深く食いさがってくる。少女のような天真爛漫《てんしんらんまん》さを漂わせながらも、その奥にはやはり三十代の女に相応《ふさわ》しい情念も秘めているらしい。

上手《うま》い言葉が見つからない。見栄とも嘘ともつかないことを口にしたのは確かだが、あの場では、ああ答える以外にどうしようもなかった。

「じっ、実は……」

「実は？」

彩季は好奇心を剝《む》きだしにして、涼太の言葉を鸚鵡《おうむ》返しにする。

「すっ、すみません。見栄を張ったっていうか、嘘をついていました。実はぼく、女の子と付き合ったことがなくて……」

「えっ……？」

彩季はただでさえくっきりとした瞳をいっそう大きく見開くと、驚いたように瞬《まばた》きを繰り返す。

「もうっ、いやだぁっ、からかっているの？」

彩季は肉感的な肢体を左右に揺さぶると、少し大袈裟とも思える声をあげた。しかし、涼太は答えなかった。この場をやり過ごす台詞《せりふ》を見つけられないのだ。

二十五歳の男にとって、これは絶対に隠し通したい最大の秘密だ。しかし、これ以上は、十歳も年上の人妻に対して秘密を守りきれる自信はない。

言葉を発することもできずに、ただただうな垂《だ》れるばかりだ。目の前のコンロで煮込まれているガラス蓋を被せた鍋だけが、ふつふつという規則正しい音色《ねいろ》を奏でている。

「あっ、ああ、そうだったのね。ごめんなさいね。わたしったら勝手な思い込みをして、ひとりでテンションをあげちゃったりして。迷惑だったわよね。もしかして、傷つけちゃった？」

彩季は瞳に急に不安そうな色を宿すと、涼太の顔をのぞき込んできた。言葉を選ぶように彩季は声のトーンを乱高下させた。ふたりの視線が交錯する。

「いや、傷ついたりとかはないですけど、こんなによくしてくれているのに、嘘をついていたことが申し訳なくて……」

涼太は視線をぎこちなく彷徨《さまよ》わせた。ちょうどポトフをとろ火で煮込んでいたところで、すぐに火を止めたり水にさらしたりという急ぎの作業を控えてはいなかった。

「だったら、わたしが立候補したいくらいだわ。立候補したらダメかしら?」

「えぇっ」

涼太は驚きのあまり、やや濁音気味の声をあげた。

「ねえ、いいでしょう?」

彩季はふっくらとした唇を突きだしながら、甘ったるく囁きかけてくる。

「でっ、でも、彩季さんは結婚されているじゃないですか……?」

そう切り返すのがやっとだ。

「結婚ねぇ。そうね、結婚はしているわ。夫とは出会って何年になるかしら。盛りあがったのは結婚して半年くらいまでかしら。一緒に暮らしていると、お互いに男と女っていう感じではなくなってくるのよね。おかしいわよね。恋人同士のときは、会うたびに時間を惜しむみたいにエッチばかりしていたのよ。それこそ、仕事や友だちとの時間だって無理やり調整をつけていたわ。それなのに結婚して一緒に暮らしはじめて、いつでもデキるって思うと逆にしなくなっちゃうものなのよね。最後にいつしたのかなんて思いだせないくらいだわ」

彩季は少し自嘲気味に笑ってみせた。それはいままで涼太が見たこともない、憂いを含んだ表情だった。

普段は明るく面倒見がいい彩季が見せる、切なげな表情。見ているだけで、食いしばった前歯の合わせ目から唸《うな》るような声が洩れてしまいそうになる。

女らしい優美な曲線を描く肢体を抱き寄せ、手のひらには収まりきりそうもない乳房に荒々しく指先を食い込ませてみたいという衝動が込みあげてくる。

しかし、それは二十五歳にしてキスの経験すらないチェリーボーイには、少々ハードルが高すぎた。妄想だけは一人前でも実体験がなにひとつ伴わない涼太には、彩季の身体に手を回す勇気さえない。

「ねえ、わたしじゃ、イヤ？」

彩季が上目遣いで囁いてくる。西洋風の人形のように目鼻立ちがはっきりとして、呼吸するのも忘れそうになるほどに艶っぽいのはわかりすぎるほどにわかっている。

それでも、即座に頷くことはできない。相手は人妻で、ここは彼女が夫と暮らしている場所なのだ。

「だっ、だって……彩季さんはこんなに綺麗なのに……」

「あらぁ、嬉しいことを言ってくれるのね。そうなのよね。夫も付き合いたての頃は、確かにイロイロと頑張ってくれたのよ。でも、結婚してしばらくすると、少しずつ変わっていったのよね」

「だって、彩季さんは色っぽいし……女性としても魅力的じゃないですか？」

「涼太くんって本当にいい男《ひと》だわ。女が喜ぶようなことを言ってくれるのね。でも、男の人っていうのは、お決まりの定食には食指が動かないみたいなのよね」

彩季は少し投げやりにも聞こえるような言葉を口にした。

「恋愛っていうのは、婚姻届を書いて提出するときが気持ちの頂点《ピーク》なのかしら？　一緒に暮らした途端《とたん》に、日々の生活が一番で、エッチなんてどうでもよくなってしまうみたいね」

人妻のふっくらとした口元から飛びだすエッチという生々しい単語に、胸がばくばくしてしまう。エッチとマイルドな言いかたをしているが、それが男女の目合《まぐわ》い、セックスであることは女性経験がない涼太でも間違いようがない。

勤務していたレストランで、彩季の夫を一度だけ見かけたことがある。彩季よりは年上なので四十歳くらいだろうか。いかにも真面目そうな印象だった。

「だって、旦那さんは感じのいい人じゃないですか？」

「そうね。でも、男と女って理屈じゃないのよね」

声のトーンを落とすと、彩季は静かな声で囁いた。

彩季さんはこんなに色っぽいのに……。

涼太の胸の中に、苛立ちにも似た思いが湧きあがってくる。こんなに魅力的な女を抱けるのに、抱かない男に対して嫉妬を覚えてしまう。

「本当にね、持て余しちゃうのよ……」

なにをとか、なにがとかはあえて口にしない。それが彩季が抱え込んでいる、女としての根の深い闇を醸しだしているみたいだ。

彩季はとろ火で煮込んでいた鍋が載せられたガスコンロの火をさらに弱めながら、まぶたを伏せ唇を突きだしてきた。

ひとりの料理人としての使命感と、二十代半ばの男の本能が鬩《せめ》ぎ合う。灰汁《あく》取りも済み、各種香辛料《スパイス》も加えてある。あとはじっくりと煮込むだけだ。煮汁の量から計算しても煮詰まりすぎたり焦《こ》げつく心配もない。

「ねえ、キスして……」

彩季がとろみのある声で囁く。

キッ、キスって……。

ドラマや映画では数え切れないほど目にしているし、アダルトビデオでも見たことがある。なのに、いざその場になると身体がまるでいうことを聞かなくなってしまう。

「もうっ……キスしてって言ってるのにぃ……」

甘ったるい吐息を洩らしながら、彩季は涼太の背中に両手を回した。肢体がぴったりと密着する。それだけで、心臓が身体の外に飛びだしそうなほどに大きく鼓動を刻む。

「ねえ、キスして……。ファーストキスの相手がわたしではイヤ？」

年上の人妻は甘え上手だ。キスの経験すらない涼太は、かすかに開いた唇から荒っぽい呼吸を吐き洩らした。彩季が見るからに柔らかそうな唇をゆっくりと重ねてくる。息ができないほどに密着したディープキスではなく、表面が触れるだけのソフトな感じの口づけだ。なんだか息継ぎをしてはいけないような気持ちになってしまう。

「女の子と付き合ったことがないっていうのは、本当なの？」

彩季は艶々とした唇の両端をあげて笑うと、もう一度、唇をゆっくりと重ねてきた。ぷっ、ぷにゅりっと唇が重なる感触。ぬめ光るリップグロスだろうか、しっとりとした感触が心地よい。

彩季に抱き締められるままだった涼太の両腕が、なにかに感応したようにびくりと震える。胸板に感じる、男とは明らかに違う弾力に満ち溢れたふたつのふくらみ。

「さっ、彩季さんっ……」

はじめての経験に涼太は戸惑うばかりだ。身体を抱き締める二本の腕をそっと外側から包み込みながらも、抱き締め返す余裕さえなかった。

それでも唇に重なる、吸いつくような感触は幻ではない。その証《あか》しに、ときおり男とは違う甘みを帯びた呼気がかすかに洩れてくる。

「はあっ、主人以外とこんなことをしていると思うと、余計に感じちゃうわっ……」

涼太に肢体を預けるようにして、熟した胸元を下腹部をすり寄せながら、彩季は悩乱の声を吐き洩らしてくる。劣情を抑えようとしても限界というものはある。

エプロンで覆い隠してはいるが、ダークブラウンのチノパンツの中の若茎は謀反《むほん》を企《くわだ》て徐々に硬さを増していく。

「いやっ、だっ、だめ、ですって……」

涼太はさまざまな感情が入り混じった声を洩らした。彩季は作り置きオカズをというアルバイトを提案してくれたクライアントでもあるし、すでに閉店しているとはいえ勤務していたレストランの常連客でもある。

どう対応するのが正解なのだろう。酸欠気味の頭の中はパニック状態だ。

「……だって、涼太くんの顔を見ていると、ヘンな気分になっちゃうんだもの。わかるかしら。旦那はダブルベッドの隣で寝ているのよ。それなのに、涼太くんのことを考えながら……旦那に悟られないように、ひとりエッチをしちゃうのよぉ……」

彩季は整った美貌を歪《ゆが》めながら、女の秘密を打ち明けた。あまりにも生々しすぎる告白に、チノパンツの中でこれでもかとばかりに膨張《ぼうちょう》していたペニスがひゅくんと上下する。

恋愛やセックスの経験のない涼太でも、彩季が口にする「ひとりエッチ」の意味ぐらいは理解できた。

面接の初日にアルバイト代を押し込むように、涼太の手の甲をそっと包み込んできた彩季の手のひらの温もりはいまでもはっきりと覚えている。

やや水分が多めで吸いつくような感触。その質感を脳内で再現しながら、涼太自身も何度自慰行為に耽《ふけ》ってしまったか覚えていないくらいだ。

「ねえ、いいでしょう？」

ねっとりとした口調は、絶対に逃さないというニュアンスを滲《にじ》ませる。まるで逃げられないほどの深みにハマるまでは、その存在さえも気づかない蟻地獄みたいだ。

「でっ、でも……」

涼太の言葉を塞《ふさ》ぐように、ぽってりとした唇を重ねてくる。内側の粘膜の色をのぞかせる唇の隙間から、どちらのものともつかない悩ましげな吐息がこぼれる。

柔らかいのに、ぷにぷにとした弾力にこめかみの辺りがじーんと熱くなるみたいだ。唇を開くことも忘れて、その柔らかさに夢中になってしまう。

「あっ、ああっ……」

密着していた唇が離れた途端、涼太の唇から洩れたのは男としては少々情けない喘《あえ》ぎ声だった。

「ねえ、もっともっと、舌を伸ばして。わかるでしょう。大人同士のキスっていうのは、お互いの舌先が痛くなるほどに絡《から》みつかせて、激しく求め合わなきゃ……」

彩季の唇から淫猥《いんわい》な言葉が洩れる。それでも、涼太は身体を強張《こわば》らせるばかりだ。こんなシーンを何度思い描きながら、自らの手で樹液を搾《しぼ》りだしたことだろう。

頭の中でどれだけ予行練習をしたとしても、戸惑うチェリーボーイの体躯は言うことを聞かず、まるで動きの悪いロボットみたいだ。

おずおずという感じで、涼太は舌先をずうっと前に伸ばした。不自然なほどに舌先がぴゅくぴゅくと小刻みに震えてしまう。

その舌先を待ち構えていたみたいに、彩季の舌先が絡めとる。ほんのりとしたピンク色の舌先は、まるで上物のタラコみたいだ。

タラコというのは、一対でひと腹と数える。ぬうっと伸ばした半腹ずつの舌先が絡むことでひと腹になり、うねうねと波打つような妖しい動きをみせる。

彩季はわずかに頭を揺さぶりながら、舌先をねっちりと巻きつけ、わざと音を立てるように唾液《だえき》をすすりあげてくる。

「あっ、ああっ……」

涼太はいまにも膝から崩れ落ちそうな声を洩らした。はじめてのことに身体が小刻みに震えてしまう。まるで男と女が逆転したみたいな気持ちになってしまう。

「ファーストキスだなんて、すっごく興奮しちゃうっ。ねえ、もっと唇を大きく開いてぇ。キスっていうか、お口で愛撫し合うのって大好きなの。オマ×コをオチ×チンでかき回されるのもいいけれど、舌先で愛撫するのもされるのも感じちゃうのよ。舌や口の中が感じるの。性感帯なのかしらね？」

言うなり、彩季は舌先をぐうっと伸ばすと、涼太の口の中にこじ入れてきた。濡れまみれた舌先が前歯をゆるゆると舐め回す。

それだけではない。歯茎の上を舌先がずるりと這《は》う。いままでに感じたことのない感覚に、首筋にぴきっと電流が走るみたいだ。

「あっ、んあっ……」

心ならずも儚《はかな》げな声が洩れてしまう。涼太は戸惑うばかりだ。

「いいわあ、そういう声を聞くと余計に感じちゃう。もっともっと感じさせたくなっちゃうっ」

年下の男の反応に、彩季も声をうわずらせる。その瞳はとろりとした艶を帯びて見える。彩季の舌先がさらに口の中深く潜り込んでくる。いったい、どうしたらそんなに舌が伸びるのかと不思議になってしまうくらいだ。

彩季の舌先が上顎の肉の薄い部分をそっと舐め回す。自分の舌や指先で触れたとしても、性的な感覚などは覚えたことがない部分なのに、年上の人妻の舌先が触れただけで背筋がびくっびくっと小刻みに震えてしまう。なめらかな舌使いがたまらない。

「ねっ、感じるでしょう？」

当たり前のように彩季は艶然《えんぜん》と笑うと、

「今度は涼太くんがわたしにも同じようにしてみて。エッチはね、お互いに楽しまないとつまらないでしょう。あーん、早くぅっ……」

甘ったるい声で囁くと、彩季はおねだりをするように濃厚なキスでルージュの色が淡くなった唇を大きく開いた。誘《いざな》われるように、涼太も舌先を差し入れる。

ほんのいましがたまで味わっていた彩季の舌使いを再現するように、生温かい口の中をゆっくりと舐め回す。もちろんはじめての経験だ。彼女のように巧みに舌先を操れるはずもない。それでも懸命に舌先を絡みつかせる。

「いいわっ、そうよっ、そこっ、そう、ゆっくりとナメナメしてぇっ……」

不慣れな年下の男を勇気づけるみたいに、彩季はしどけない声を吐き洩らす。のけ反った喉元がかすかに蠢くさまが、若牡の本能的な部分を刺激する。悩ましげな表情を見ると、もっともっとヨガらせたいという思いが突きあげてくるみたいだ。

ぐうっという喉の奥にこもった声を洩らしながら、涼太は柔らかな口内粘膜に舌先をまとわりつかせる。

「たっ、たまらない。ねえ、もっとぉっ……」

涼太の背中に回した彩季の両腕にぐっと力がこもる。それが彼女の昂《たか》ぶりを如実に表しているみたいだ。

エプロンで隠れているチノパンツのフロント部分は、すでに痛いくらいに張り詰めている。ポジションの悪さを修正するように尻をもぞもぞと揺さぶるが、膨張しすぎた股間はそれくらいのことではびくりとも動かない。

抱き締め合うふたりの身体はぴったりと密着している。下半身に男の猛《たけ》るものの感触を感じたのだろうか。彩季はなよやかに肢体をくねらせた。

「んんーっ、おっきくなってるっ……」

彩季は嬉しそうに囁くと、自ら下半身を突きだして揺さぶった。布地越しに感じる人妻の柔らかな肢体。まるで、身体全体を使ってゆるゆるとまさぐられているような錯覚を覚えてしまう。

「若いってすごいわ。キスだけでこんなにオチ×チンが硬くなっちゃうのね」

感慨深げに呟くと、彩季は再び舌先を絡みつかせてきた。どちらのものともつかない、混ざり合った唾液がぐちゅっ、ぐちゅっと卑猥《ひわい》な音を立てる。

涼太の背中をぎゅっと抱き締めていた彩季の腕から力が抜けた。その刹那《せつな》、左の胸元にふわりとした指使いを感じる。エプロンとワイシャツ越しに、普段は乳輪の中に隠れるように埋もれている乳首の位置を探すような繊細なタッチ。ほっそりとした指先が、大きく小さくと無数の円を描くみたいにさわさわと這いまわる。

「ううっ、そこは……」

切ないような快美感に、涼太は下半身を揺さぶった。オナニーをするときに自分の指先でいじったことはあったが、ペニスのようにストレートな悦《よろこ》びを得られたことはなかった。それなのに、鼻にかかったような声が洩れてしまう。

「嬉しくなっちゃうわ。なにをされても冷凍マグロみたいに反応がなかったら、なにをしているのかわからなくなっちゃうもの。エッチのときは自分に素直になればいいのよ。気持ちがよければ、思いっきり声を出さなくちゃ。そうでないと、どこが気持ちいいのか伝わらないでしょう？」

まるで言い聞かせるみたいに彩季が囁く。そんなふうに言われると、身体がますます敏感になっていくみたいだ。左の胸元を愛撫しているだけではない。彩季の左手は涼太の尻を優しく撫で回す。

触れるか触れないかの軽やかな指使い。いままで自身では性感帯だとは意識していなかった部分のことごとくが、彼女の舌先や指先の動きに反応してしまう。

「ああっ、い、いいですっ……」

実体験はないながらも男というのはセックスのときは、女のように悩ましい声は洩らさないものだとばかり思っていた。

それなのに、

「思いっきり声を出さなくちゃ」

と言い含められると、まるで条件反射のように悩乱の声が溢れてしまう。

胸や尻をまさぐられている指先で、ペニスを悪戯《いたずら》されたら……。

破廉恥な妄想が矢継ぎ早に湧きあがってくる。触れられてもいないというのに、ペニスは痛いくらいに劣情を漲《みなぎ》らせていた。無意識のうちに腰を左右にくねらせると、布地越しにソフトに愛撫されているみたいに思えてしまう。

涼太はもどかしげに下半身を揺さぶった。まるでここも可愛がって欲しいとおねだりしているみたいだ。恥ずかしくてたまらないのに、そうせずにはいられない。それだけ彩季の指使いが魅力的なのだ。

「涼太くんったら感じやすいのね。そんなふうに色っぽい声を聞くと、わたしまで感じちゃうわぁっ……」

彩季は耳元で囁くと、複雑に入り組んだ耳の縁にかぷっと歯を立てた。甘嚙《あまが》みをしながら舌先をちろちろとまとわりつかせる。耳がしっとりと濡れ艶を帯びたところで、息をふうーっと吹きかけてきた。

ぞくりとするような感覚に両の肩先が上下する。それは背筋がぎゅんとしなってしまうような甘美感だ。まるで身体のどこもかしこも性感帯になってしまったみたいだ。それほどまでに年上の人妻の肢体や淫戯は、若い牡の身体を燃えあがらせる。

それなのに、肝心な部分には触れてこない。まるで意地悪く焦《じ》らされているように思えてしまう。涼太は眉間にかすかに苦悶の皺を刻むと、下半身を突きだした。慣れた男ならば、女へのリクエストも上手いのだろうが、涼太には皆目見当がつかない。

「さっ、彩季さぁーん……」

涼太はいまにも泣きだしてしまいそうな声を出した。このままお預けを喰らい続けたら、ペニスに触れられることさえなく暴発してしまいそうだ。

「ふふっ、そんな顔をされると興奮しちゃう。そんなにココをいじって欲しいの？」

上目遣いで問いかけると、彩季は右手の指先でエプロンの上からこんもりと隆起した下半身をゆるりとなぞりあげた。少しもったいぶったような指戯。それが逆に興奮を倍増させる。

「して欲しい？」

見るからにふっくらとした彩季の唇からこぼれたのは、涼太の息遣いがいっそう荒くなる意味深すぎる言葉だった。

して欲しい？　なにを……？

どんなことだって、彩季にされたら気持ちがイイに決まっている。それだけは確かなことに思えた。思わず、全身を使うようにしてうなずいた。

「だったら、余分なお洋服は要らないわよね。本音を言うと、わたしだって我慢《がまん》しているのよ」

彩季は淫情を滲ませた言葉を口にしながら、涼太の背中で留まっていたエプロンのリボン結びをしゅるりとほどいた。それが合図のように思えた。不器用なタイプなのは自覚しているし、セックスの経験だってない。

それでも二十五歳の男なりに、セックスの流れは頭では理解しているつもりだ。エプロンを脱ぎ捨てると同時に、彩季の指先がワイシャツの胸元へと伸びてくる。

淫欲に駆られるままにお互いに手を伸ばし、ワイシャツとブラウスの胸元のボタンを忙《せわ》しなく外すと奪うように上衣から腕を引き抜く。

「涼太くんったら、意外とせっかちなのね」

「だって、こんなに焦らされたら……」

涼太は胸を喘がせた。それは嘘偽りのない気持ちだった。相手は人妻で、アルバイトの顧客《クライアント》だとわかっていても、二十五歳の男の心と身体は理性のロープをぶっちぎって暴走してしまう。

「いいわぁ、そういう感じ。女って求められていると思うと、相手を愛《いと》おしくなるのよ。逆に求められないと、自分なんてどうでもいい存在なんだって拗ねてしまうの」

彩季の言葉は、まるで夫への言い訳みたいだ。年上の手練手管で年下の男を誘惑していた彼女も、実は背徳感を感じていると思うと共犯者みたいに思えてしまう。

布地越しでは相手の体温を直《じか》には感じられない。いまのふたりにとって、衣服は無駄なお飾りでしかなかった。アダムとイブが身に着けたイチヂクの葉でさえ必要ない。

わずかな時間さえも惜しむように身体を揺さぶりながら、着衣を荒っぽく脱ぎ捨てる。

インナーシャツを脱ぎ、指先での愛撫によってつきゅっと尖り立った牡の小さな乳首が剝きだしになると、彼女は半開きの唇から舌先をちろちろと伸ばしながら、若牡の胸元にむしゃぶりついてきた。

口唇愛撫が好きだと言っていたのは嘘ではないらしい。乳輪を包み込むようにすぼめた唇を密着させると、直径五ミリほどの乳首を舌先で転がすように舐めしゃぶる。

指先での悪戯よりも、ぬるついた舌先で舐められるほうがはるかに気持ちがいい。

指先や舌先を駆使した濃厚な淫技に、涼太は小鼻をふくらませながら惑乱の喘ぎを吐き洩らすばかりだ。

「ねえ、本当はもっと別のところを舐められたいんでしょう？」

淡いピンク色のブラジャーとショーツだけをまとった姿になった彩季は床の上に膝をつくと、涼太が身に着けていたトランクスに両手の指先をかけた。トランクスのフロント部分には、直径五センチほどの淫猥な濡れジミが広がっている。一気にずるりと引きおろそうとするが、隆々と天を仰《あお》ぐように反り返った若茎が邪魔をする。

「もうっ、困ったさんね。反抗期なのかしら？」

彩季は美貌を歪めると左手で若茎を押さえつけながら、トランクスを引き下ろしていく。赤っぽいピンク色のペニスの先が少しずつ現れてきた。半開きの唇からこぼれる、乱れた息遣いだけがリビングに降り積もっていく。

先走りの液体に濡れまみれた亀頭が剝きだしになった辺りで、男らしさを充満させたペニスが重量を主張するようにぽろりと露出《ろしゅつ》する。

「なんて美味しそうなの。エッチなオツユをこんなに溢れさせちゃって……」

一刻も我慢できないと言わんばかりに舌なめずりをすると、ランジェリー姿の彩季は、とろりとした粘液を噴きこぼす亀頭にむしゃぶりついてくる。トランクスは膝辺りまでおろしているものの、ソックスは履《は》いたままというのが余裕のなさを滲ませていた。

「うはぁっ……くあっ……」

男の身体の中で一番敏感であろう部分が、ぬめぬめとした生温かい舌先や口内粘膜に包み込まれる。それはいままで知っている快感とは段違いで、少しでも気を抜いたら即座に暴発してしまいそうだ。

「ヤッ、ヤバいですっ……それ以上、されたら……」

急激にせりあがってくる快感に、涼太は慌てて腰を引こうとした。しかし、彩季はどこまでも食らいついてくる。涼太は快感を強引に押さえ込もうと、奥歯をぐっと噛みしめた。それでも淫嚢《いんのう》がきゅうんと縮みあがり、暴発してしまいそうだと訴えている。
切羽詰まった涼太の表情に危機を察したのか、彩季はぎりぎりのところでペニスを解放した。それでも、快感は急には収まりはしない。

「それ以上……されたら？」

床の上に膝をついた彩季は、亀頭の裏の辺りを舌先でちろりと舐めあげながら問いかけてくる。ぬるついた潤《うる》みをたたえた瞳は、見ているだけで肛門括約筋《こうもんかつやくきん》にぎゅうんっと力が入ってしまうほどに艶っぽい。

「がっ、我慢できっ……」

言いかけた涼太は口元をひくつかせた。前のめりになった彩季が両手を背中に回し、ブラジャーの後ろホックを外しにかかったからだ。すらりとした指先が、好奇心にまみれた男の視線を挑発するようにそれをゆっくりと外した。

ぶるるんと弾むように乳房がまろび出た瞬間、涼太の若茎も上下に大きく跳ねあがる。重たそうに揺れる熟れ乳の先端は、すでにつきゅとしこり立っていた。にゅんと突きだした乳首の色は、色白の彼女に相応しくパステルピンクだ。

「わかってる？　わたしだって……我慢しているんだからぁ……」

そう言うと彩季は牡の本能を挑発するように、量感に満ち溢れた乳房を左右に揺さぶってみせる。両足を踏ん張って立っている涼太からは見おろす格好だ。床に両膝をついた彩季は両手を胸元で交差させ、乳房の谷間をさらに強調した。

たぷたぷと重たげに揺れるマシュマロみたいな質感を、指先で確かめてみたくなる。胸の奥底から押し寄せる欲望に、涼太は息を乱しながら前のめりになると、両手を乳房に向かって伸ばした。ずっしりとした重量感を味わいながら下から支え持つと、指先をむにっと食い込ませる。

「柔らかくて、もちもちしてるっ……」

思わず感嘆の声がこぼれてしまう。

それは二十代の涼太にとっては高価すぎて、手が出なかった特殊素材の枕みたいな感触だった。食い込む指先を優しく包み込みながらも、そっと押し返してくる。高反発とも低反発ともつかない、なんとも言えない弾力。

彩季の豊乳の感触は、それよりもさらに蠱惑的だった。指先を食い込ませているだけで、下半身がびくびくと反応してしまう。

指先を食い込ませるたびに、彩季は悩ましげに肢体をくねらせた。きちきちに硬くしこり立った乳首や乳輪もピンクの色味を濃くしている。

「もうっ、おっぱいをそんなふうにされたら……。わっ、わたしだって……」

反撃するみたいに、彩季はペニスに喰らいついてきた。れろれろと舐め回すのではなく、口内粘膜をぴったりと密着させ舌先で肉柱の裏側をつっ、つぅっと刺激する。そうしながら、スローなタッチで頭を前後させる。額にかかった髪の毛をかきあげながら、ときおり上目遣いで涼太に視線を投げかけてくる。

口全体を駆使した口唇奉仕に、威《い》きり勃《た》ったペニスの先端から濃厚な牡汁が滲みだす。彩季はじゅるじゅるという音を立てながら、それを美味しそうにすすりあげる。まるで煮蕩《にとろ》けたペニスや玉袋が、彼女の中にずるずると取り込まれていくみたいな錯覚を覚えてしまう。涼太は淫嚢の裏側がきゅんと甘く痺《しび》れるのを感じた。

懸命に押さえ込もうとしても、一度アクセルをふかした身体にはブレーキは効かない。一秒でも早く欲望の液体を解放したいと、牡柱が上下に跳ねあがる。多少なりとも異性との経験があれば己の限界もわかるが、すべてがはじめて経験することばかりだ。

「はあっ、もうっ……」

涼太はまぶたをぎゅっと閉じると、喜悦とも苦悶ともつかない掠《かす》れた声を洩らしながら天井を仰ぎ見た。もはや肉幹を頬張る彩季の表情をうかがい見る余裕すらない。

それなのに、少しでも長くこの快感を味わっていたいと思ってしまう。早く欲望を解き放ちたい思いと、強欲に快感を貪《むさぼ》りたい思いが入り乱れる。

「んあーっ、もっ、もうっ……」

涼太は声を裏返らせた。縮みあがりすぎた淫嚢が、太腿《ふともも》の付け根に食い込むみたいだ。踏ん張った両足の内側が、喜悦の予感に小刻みに戦慄《わなな》きを繰り返す。

「だっ、だめですっ……でっ、射精《で》ちゃいますっ……」

自身でも独特だと思う匂いの樹液を、アルバイトの顧客でもある彩季の口の中に撃ち込むことなどできない。懸命に堪《こら》えようとするが、右肩上がりの快美感は上昇を止めない。それどころか、スピードを増しながら急上昇していく。しかし、彩季はペニスを解放しようとはしない。

「んあっ、でっ、射精《で》ますっ。射精《で》ちゃいます。くぅあーっ、でっ、射精《で》るぅーっ……！」

絞りだすような声と同時に、下半身のロケットランチャーから砲弾代わりの液体がすさまじい勢いで発射された。

どっ、どくっ、どぴゅんっ……。

耳ではなく、全身で発射音を感じる。それは単発ではなく、不規則なリズムを刻みながら何発も何発も派手に撃ちあがった。

「あっ、あああっ……」

とんでもないことをしでかしてしまったかのように、涼太の口から唸るような声が洩れる。しかし、彩季は少しも動じる気配はなかった。それどころか、獲物を逃してなるものかとばかりに白濁液《はくだくえき》を噴きあげるペニスを口の中深く咥《くわ》え込む。

ごつ、ごくっ、ごくり、ごくっ……。

頬を紅潮させた彩季の喉元が蠢き、口の中に撃ち込まれた牡汁を飲みくだす。涼太はそれを胸板を波打たせながら見つめるばかりだ。

すぼめた唇でペニスをじゅこじゅことしごき一滴《いってき》残らず搾り取ると、彩季はようやく満足したように顔をあげ笑ってみせた。

「はあーっ、やっぱり若い子ってすごいわね。量も多いけれど、すっごく濃いんだもの」

濡れた唇を指先で拭《ぬぐ》う仕草が色っぽい。

「ファーストキスをいただいたってことは、もちろんフェラもはじめてで口内発射もはじめてだったのよね。だったら、その先もいいわよね？」

「その先って……」

「いやあね、セックスに決まっているじゃない。涼太くんはイッて満足かも知れないけれど、わたしはまだイッていないのよ」

「でっ、でも……」

涼太は狼狽えた。確かに彩季の言うとおりだ。年上の女の口唇奉仕によって、涼太の若茎は青臭い樹液をたっぷりと噴きだした。しかし、年上の人妻をイカせることなど、どう考えたってできそうもない。

「いいのよ。なんにも考えずに、わたしにぜんぶ任せていれば。だって、まだまだこんなに元気なんだもの。本当のことを言うと、あっという間に暴発しないように一度抜いておいたのよ」

彩季はにんまりと笑ってみせた。その表情には強欲な女の本性が垣間見える。まるで草食動物のインパラを、完全にロックオンした牝《めす》ライオンみたいだ。

少し怖いような、それでいていまだ知らない悦びへの期待に心臓が派手なドラム音を打ち鳴らす。

「大丈夫よ。気持ちを楽にしていればいいの。あとはお姉さんが教えてア・ゲ・ル」

どこかで聞いたような言葉を口にすると、彩季はゆっくりと立ちあがって涼太の首に両手を回し唇を重ねてきた。樹液の匂いがほんのりと漂うキス。ときには自身でも眉を顰《ひそ》めてしまうような匂いの液体を、一滴残らず飲み干してくれたのかと思うと愛おしく思えてしまう。

涼太は口を大きく開くと、唇同士を斜《はす》に構えて彩季の口の奥深くへと舌先をこじ入れた。その付け根が痺れるほどに、濃厚に舌先を絡め合う。

「そうよ、とっても上手よ……」

彩季はうっとりとした声を洩らすと、体重をかけるようにして涼太の身体を床の上に仰向《あおむ》けに押し倒した。膝の辺りまでずりおろしていたトランクスを少し強引な感じで奪い取る。

これで、涼太はソックスしか着けていない格好になった。床の上に横座りになった彩季はヒップを揺さぶりながら、ピンク色のショーツを自らの指先で脱ぎおろす。

フロント部分にレースをあしらったショーツで覆い隠されていた、三角地帯《デルタ》に縮れた草むらが露《あら》わになる。ややふっくらとした女丘の地肌が、うっすらと透けて見える品のよい生えかただ。草むらからは、秘密めいた切れ込みがわずかにのぞいている。

「嬉しくなっちゃうくらいに元気なのね。あんなにたっぷりと射精《だ》したのに、ぜんぜん萎《しお》れないんだもの。これって、わたしがまだまだ魅力的って思ってもイイってことかしら？」

逞《たくま》しさを少しも失っていない若茎を右手で握り締めると、彩季は緩急をつけてしごきあげた。唇をすぼめ尿道の中の残滓《ざんし》までしゃぶり尽くしたのに、亀頭の先端からは第二弾とでもいうようにとろみのある粘液が滲みだしてくる。これには涼太自身も驚くばかりだ。

「さっ、お楽しみはこれからよ。ううん、むしろこれからが本番って感じかしら」

彩季が口にした本番という意味深な単語に、牡の体躯は過敏に反応してしまう。仰向けに横たわった涼太のペニスは、一度たっぷりと精液を放出しているのに、下腹につきそうな角度で威きり勃っている。

「さっきは上のお口でいただいたから、今度は下のお口でいただいちゃおうかしら」

一糸まとわぬ姿の彩季が、尾てい骨の辺りがじんと痺れるような卑猥な台詞を口にしながら、腰の辺りに膝立ちで跨ってくる。下から見上げると、柔らかそうに弾む乳房は圧倒的な迫力を見せつける。

見ているだけで、ペニスがびくびくと上下してしまう。ごりごりに凝り固まった牡の象徴《シンボル》目がけて、彩季がゆっくりとヒップを落としてきた。

左右に大きく開いた肉感的な太腿の付け根に亀頭が触れた瞬間、綻びかけた花びらの隙間からとろりとした牝蜜が滴《したた》り落ちてくる。赤みの強い粘膜色の部分が直接触れ合う感覚。ふたりの唇から悩ましげな声が迸《ほとばし》った。

「ああっ、は、入った……！」

「ふふっ、童貞卒業おめでとう……。いいっ、いいわあっ……。硬いのでずりずりされるだけで、頭のてっぺんまでびりびり感じちゃうっ……」

彩季は背筋をしならせながら、胸元に実った巨大な白桃のような乳房を揺さぶった。ずりゅ、ずるりっ……。塩を振って締めたナマコのようにがちがちになった肉幹の感触を楽しむように、彩季はぷるんと張りだしたヒップをゆっくりと前後させる。肉柱をそっと包み込むように、潤《うるお》いきった花びらが絡みついてくる。

「はあっ、なんて硬いのかしら……」

半開きの唇から甘ったるい声を洩らしながら、彩季はうっとりとまぶたを伏せている。まるで五感を研ぎ澄まして、ペニスの感触を堪能《たんのう》しているみたいだ。熟れ尻を振るリズムに合わせて、濃厚な牝蜜がじゅくじゅくと滴《したた》り落ちてくる。高揚した身体によって温まった愛液から、鼻先がヒクついてしまうようなエロティックな芳香《ほうこう》が漂う。

それは三十代の熟れた肢体の奥底から湧きだす、芳醇なフェロモンの香りだ。甘さの中にかすかな酸味を感じさせる香りは、ずっと嗅いでいたくなるほどに男の欲情をかき立てた。

これが女性と交わるということか。

「もっ、もっともっと……感じたくなっちゃうっ……」

彩季はうわ言のように囁くと、割り開いた太腿の間へと右手を伸ばし、これでもかと言わんばかりに反り返った肉茎をぎゅっと握り締めた。涼太は目を瞬かせながら、人妻の卑猥すぎる行為に熱視線を注《そそ》ぐ。

にゅっ、にゅぷりっ、にゅるるっ……。

彩季は亀頭を花びらの合わせ目にぐりぐりと押しつけた。赤みを増した性器がこすれ合うたびに、太腿のあわいが水っぽい淫靡《いんび》な音を奏でる。

「きっ、気持ちいいっ、ああーんっ、もっと気持ちよくなりたい。いっぱい、いっぱい欲しくなっちゃう。身体が欲張りになっちゃうっ……。ねっ、いいでしょう？」

粘り気のある声で囁くと、彩季は握り締めていたペニスを解放した。涼太の胸元に両手をつき、やや前傾姿勢になる。そのまま体重をかけるように、ゆっくりとヒップを沈めてくる。ペニスの先端にかかる圧力がじわじわ強くなっていく。

ぢゅっ、ぢゅぷっ……。

脳髄に響くような音とともに、亀頭が生温かいものに飲み込まれていく。口唇奉仕よりも、もっと柔らかくうるうるとした粘膜にじゅっぽりと包まれるような感覚。熱気を孕《はら》んだ肉壁が襞《ひだ》をうねうねと波打たせながら絡みついてくるみたいだ。

「んあーっ……こっ、これっ、すごいですっ……」

いままで味わったことのない快感に、涼太は背筋をのけ反らせた。ペニスが煮蕩けるような底の知れない悦びが、全身にじわじわと広がっていく。

「あーっ、たまんない。すっごく硬いのっ……。オマ×コの中がオチ×チンでいっぱいになってるっ……」

涼太の胸元についた彩季の指先に、ぐっと力がこもる。悩乱の喘ぎをあげながら、彩季は熟れたヒップを円を描くように揺さぶった。まるで肉茎で蜜壺の中を抉《えぐ》るようにこすりあげているみたいだ。

彼女の声が艶を増すとともに、ペニスを飲み込んだ女壺の締めつけが強くなっていく。彩季が言っていた通りだ。一度発射していなければ、ヴァギナに飲み込まれた瞬間に暴発していたに違いない。

それほどまでに女の深淵は男の心を、身体を炎上させる。いまだって、そうだ。いっきに駆けあがってくる快感を、下腹に無理やり力を蓄えて懸命に堪えている。

「こっ、こんなの……、ひさしぶりだから、よっ、余計に感じちゃうっ……。ひぁっ、おかしくなっちゃうっ……」

快感に身をよじっているのは涼太だけではなかった。若牡の身体に騎乗して、ロデオのように勇猛果敢にヒップを振りたくる彩季も淫《みだ》らな声を迸らせる。

「はあっ、もっとよぉ……」

欲望に衝《つ》き動かされるように喉を絞ると、彩季は涼太の胸元についた手のひらに体重をかけた。床についたつま先を踏ん張るようにしながら、ゆっくりと両の膝をあげ、まるで和式便座にしゃがみ込んでいるような体勢になる。

不安定な格好になったために、よりいっそうペニスへの締めつけがきつくなる。

「そっ、そんな……そんなに、きっ、きつくされたら……」

涼太は目尻を歪めながら、情けない声を洩らすばかりだ。玉袋の付け根の裏側が、じぃんと切なくなるような悦びが込みあげてくる。

「ほら、ねえ、見てえっ……。こんなに奥まで入っちゃってるんだからぁ……」

淫らな言葉を口走ると、彩季は涼太の胸元から手のひらを離した。つま先立ちになった両足だけで身体を支える不安定極まりない体勢だが、身体の中心部分には大黒柱のように肉柱がしっかりと埋め込まれている。

彩季は両の膝頭を左右の手で摑むと、それを左右にゆっくりと割り広げた。好奇心に駆られた涼太の目の前に飛び込んできたのは、肉槍を根元近くで貪欲に咥え込んだ太腿の付け根に咲いた牝花だった。

　性的な昂ぶりに肉の色を濃くした粘膜色の花びらのあわいに、涼太のペニスがずぶりと突き刺さっている。リアルで女性器を見るのは生まれてはじめてだ。しかも、ぱっくりと開いた花弁のど真ん中を肉柱が貫《つらぬ》いている。

「ねっ、すごいでしょうっ……。オチ×チンでいっぱいになっちゃってるの。ああっ、感じちゃう、身体中がオマ×コになっちゃったみたいっ」

　言うなり、彩季は男女の結合部分に右手の指先を伸ばした。ネイルサロンを開業しているだけに、上品にオーバルカットされた爪にはパールピンクのネイルが施《ほどこ》されている。

　その人差し指の先で、男根を咥え込んだ花びらの付け根の辺りにある淫核をくりくりと引っかくように刺激する。充血してふくらんだそれは、まるで真珠玉みたいだ。

「かっ、感じちゃうっ……クリちゃん、感じちゃうっ、気持ちよすぎて……どうにかなっちゃいそうっ……」

　自らの指先でクリトリスを愛撫しながら、彩季は切れ切れの吐息を吐き洩らす。彼女の昂ぶりとともに、蜜壺の内部が嬉しそうにペニスをきゅっ、ぎゅっと締めつける。

「もっ、もうっ……だめっ……がっ、我慢できなくなっちゃうっ……イッ、イッちゃうっ……ひっ、ああーっ、イッくうーっ……！」

　感極まった声をあげた瞬間、彩季の全身が前後にびゅくんっと跳ねるような動きをみせた。肉質の柔らかい下腹部や内腿の表面が、さざ波のように小さく、そして不規則な波を刻む。

「ひぁぅっ、んあっ……」

　体表は小さな波でも、彩季の身体の奥は大波を打っていた。ペニスを包み込んだ柔壺が、これでもかと言わんばかりにむぎゅ、むぎゅぅっと締めつけてくる。

「ああうっ……きっ、きつくて……僕もっ、やっ、やばいですぅっ……」

　涼太は全身を強張らせた。無意識のうちに背筋が弓のように反ってしまう。それは射精が近づいている証しだ。

「うぁぅっ、まっ……またっ、でっ、射精《で》ますっ。でっ、射精《で》るぅっ……！」

　床の上に仰向けになった涼太の身体が、跨った彩季の身体が浮かびあがりそうなほど大きく弾みあがる。同時に彩季の最奥に息づく子宮口目がけて、欲望のマグマがどびゅ、びゅぅっと噴火する。

「うっ、ぅそっ、ああっ、膣内《なか》で動いてるっ、びくんびくん、いっているぅっ……！」

涼太の腰に跨ったまま、彩季は全身をがくっ、がくんと戦慄《わなな》かせた。胸元で交差させた両手で自身をしっかりと抱き締めると、快感を噛みしめるように大きく肢体をしならせた。不規則な収縮を繰り返す秘壺が、男根から白濁液を執拗《しつよう》に搾りあげる。

「はぁっ、あぁーんっ……これ以上はぁ……」

彩季の身体から力が抜け、涼太に向かって崩れ落ちるように倒れ込んでくる。獲物を狙うときの女豹《めひょう》のような前傾姿勢になった彩季は、涼太の耳元に唇を寄せると、

「……ご馳走さま。涼太くんのオチ×チン……とっても美味しかったわぁ」

と、とろみのある声で囁いた——。

第二章　美人ママの女の顔

彩季と身体の関係を持ってから一夜が明けた。目を閉じれば、牡の本能を直撃するようなボディラインが鮮やかに蘇ってくる。まるで網膜に焼きついているみたいだ。

それだけではない。手のひらには弾力に満ち溢れた柔らかな乳房の重量感。彼女の舌先が這いまわった胸元やペニスにも、ぬめぬめとした感触が生々しく残っている。

それを思いだしただけで、胃の腑がかあーっと熱を帯び、意識とは関係なく下半身に若い血潮が流れ込んでしまう。両親や兄たちは店舗に出ているので、自宅には涼太しかいない。それをいいことに、自身の指先でしごきあげて何度白濁液を搾りだしたかわからない。

それでも、二十代半ばの身体の昂ぶりは少しも収まる気配はなかった。これでは、オナニーを覚えた猿みたいだと自虐的な気分にもなろうかというものだ。それほどまでに年上の人妻との初体験は強烈過ぎた。もう残っているはずはないのに、鼻先をすんすんと鳴らし鼻腔深く吸い込んだ淡い桜の花の匂いを探してしまう。

それでも、涼太自身意識の中では大きく変わったことがある。年上の人妻にリードされながらとはいえ、童貞を卒業したのだ。これで一人前の男になったみたいな感情が芽生えていた。いままでならば童貞仲間同士で盛りあがる話も、いまはほんの少し上から目線で聞けるような気分になっていた。

時間さえあればSNSをチェックするが、彩季からの新たなメッセージはなかった。これでは、生まれてはじめて恋人ができた若い娘みたいだ。はじめて大人の淫靡な世界を知ったことでふわふわと舞いあがる気持ちには、男も女も違いはないのだろう。

ピコッ、ピコッ……。

不意にSNSに新着メッセージが届いたことを知らせる音が鳴り響いた。スマホのアドレス宛てのメールとは着信音を鳴りわけているので、SNSへのメッセージだということが瞬間的にわかる。

もしかして、彩季さんから……。

胸をときめかせ、指先で操作するのももどかしく思いながら液晶画面を確かめる。送信相手は心待ちにしていた彩季ではなかった。

えっ、柚実さん……。

メールの送り主は彩季ではなく、彼女の幼馴染みの柚実だった。

「先日はご馳走さまでした。この間のチリメンジャコのパスタ、とても美味しかったです。彩季から作り置きオカズの写メを見せてもらいました。どれもこれもすっごく美味しそうでした。それで、週に一度くらい、作り置きオカズをお願いできないかなと思って連絡しました。もちろん、涼太くんのスケジュールを優先しますので、ご都合を聞かせてもらえればと思います」

メッセージは新たなアルバイトの依頼だった。夫の意向もあるからと即決できずにいた柚実の背中を押すように、彩季が料理の画像を送って宣伝してくれたに違いない。そんなことはひと言も口にしなかったのに、涼太のために密かに手を回してくれていたのが伝わってくる。年上の女らしい気遣いに、胸がじぃんと熱くなるみたいだ。

ええと、まずは……。

涼太は彩季へ報告とお礼を兼ねたメッセージを送った。万が一にも誰に見られても問題がない、当たり障りのない文章だ。その後で柚実宛てに、

「メッセージありがとうございました。できる限り対応したいと思います。日時のご都合や希望のメニューなどがあれば教えていただければと思います」

と、得意なメニューを添付しメールを送信する。ほどなくして返事が届いた。添付

したファイルの中から希望するメニューを選んである。

「まずはお試しという感じでお願いできますか。うちには夫と幼稚園に通う娘がいます。娘は納豆や生のネギといった匂いが強めのものが苦手なので避けてもらいたいのと、お野菜やお魚、お肉もできるだけ食べやすい感じにお料理してもらえると助かります。早速で申し訳ないのですが、明日の午後はご都合はいかがですか？」

壁にかけられたカレンダーに視線をやっても、職を失ったばかりなので予定はほぼ真っ白だ。なによりも彩季の気遣いを無駄にするような真似はできない。

幼い子供がいるということなので、魚も小骨がなく食べやすい切り身を提案するなどして、メニューを詰めていく。子供があまり好きではないという野菜もできるだけメニューに取り入れるために細かくメモを取る。

リクエストに合わせて、食材も涼太が買い込んでから向かうことになった。

柚実の自宅は彩季と同じマンションの違う階にあった。これがタワーマンションならば低層だ、高層だと無駄な見栄の張り合いになりそうなところだが、造りは洒落ているが階争いが勃発しない高さだ。

チャイムを鳴らすと、待ち構えていたように柚実が玄関を開けてくれた。玄関先には小柄な柚実の靴とは明らかにサイズが違う女物のスニーカーが一足置かれていた。

「せっかくだから、同じ幼稚園に通わせているママ友も呼んじゃったの。まずかったかしら？」

「いいえ、そんなことはないですよ。なにかあれば、お呼びするのでぼくのことはお気になさらずに」

「そうそう、ママ友は希美《のぞみ》さんっていうの。わたしよりも六歳下だと聞いているから、二十九歳だったかしら。お料理っていうか、幼稚園に通う娘さんのお弁当作りが苦手みたいなの。涼太くんとは年齢が近いぶん話しやすいと思うし、もしかしたら、新規のお客さまになってくれるかも知れないわよ」

玄関先で靴を脱ぐ涼太に柚実が耳打ちをする。

「そうなんですか……」

涼太は恐縮するように小さく頭を垂れた。

「それとそうと……」

さらに柚実が声を潜める。

「ねえ、彩季とナニかあった？」

なにをとか、どうという具体的な言いかたではないが、いかにも意味ありげな物言い。まるで知っているのよとでも言いたげな感じだ。

「えっ、ナニかって？　別にどうっていうことはないですよ。リクエストされた通りに食材を用意して、お料理を仕上げただけです」

「ふぅん、なんだか怪しいなぁ。実はね、昨日彩季とお茶をしたんだけど、いつになく上機嫌で、なんだか肌の色艶までよかったのよ」

その言葉に思わずどきりとする。女というのは、男が想像するよりもはるかに勘がいい生き物らしい。

「そうだったんですか。先日作り置きのオカズとして作った、ミミガー入りの旬《しゅん》の野菜のゼリー寄せのコラーゲンが効いたんじゃないんですか」

「へえっ、コラーゲンくらいであんなふうに肌がつるんつるんになるかしら。彩季とは長い付き合いだから、いろいろと知っているつもりなんだけど……」

さらりと流そうとする涼太に、柚実は食いさがってくる。

「コラーゲンは女性のお肌の味方ですからね。そんな話を聞くと、料理人としては嬉しい限りですよ」

涼太はあえて視線を床の上に落したまま、なるべく声のトーンを変えずに言った。もしも視線を合わせたら、こちらの胸の内を探られてしまうかもしれない。それは童貞を卒業したことで、少しだけ大人の男に近づいた涼太なりの多少の知恵だった。

リビングに足を踏み入れた途端、ロータイプのソファに腰をおろしていた女が立ちあがると、涼太に向かってぺこりと頭を垂れた。

「すみません。笹山《ささやま》といいます。お邪魔ではないですか？」

やや明るめな栗色の髪の毛を後頭部でふわりとポニーテール風にまとめた希美が、遠慮がちに尋ねてくる。

緩やかなカーブを描く眉のライン。丸みを帯びた目元とやや小ぶりな口元は、スモーキーなピンク色で彩られている。鼻筋はあまり自己主張がなく、控えめな感じだ。どことなくリスやモモンガを連想させる、可愛らしさを漂わせる顔立ちだ。

身体にフィットする、やや渋い色合いのオレンジ色のニットと茶系のロングスカート。柚実から聞いていなければ、既婚者で子供がいるとは思えない。血色のいい頬とぷるんと張りだした双乳のふくらみが健康美をアピールする。

「まあまあ、挨拶はそれくらいにして。じゃあ、涼太くん、お願いできる？　彩季の部屋と間取りは同じだから、キッチンも似たような感じだと思うの。調味料はシンク周りか冷蔵庫に入っているから」

彩季の部屋でお試しに作ったパスタの試食会に同席していただけに、柚実はこちらの手順をわかっているみたいだ。

買ってきた食材を保冷バッグから取りだし、作業の順番を考えて冷蔵庫にしまう。今日のテーマは幼稚園児にも食べやすいということだ。ムニエル用の魚も食べやすいカジキマグロの切り身を使う。

こういう些細なことは雇われていた頃には、あまり意識していなかったことだ。食べやすいか、食べにくいか。或いは好きか嫌いかということは、お任せでない限りは客側が判断するものだと思っていた。

食材を含めて苦手ならば最初から食べないだろうし、食べにくそうならば選ばないだろう。それも選択肢のひとつだからだ。子供の入店をお断りしていない限りは、求められれば子供用の器やスプーンやフォークなども提供する。

今回、柚実から指定されたのはいかにも子供が喜びそうなメニューだ。ただリクエストされるままに作るのでは、あまりにも芸がないというかオリジナリティーがないように思えた。

リクエストに合わせつつも多少の意外性も企てる。子供の野菜嫌いは涼太にも身に覚えがある。人参などの独特の風味を感じる野菜も、味つけによっては気にならないはずだ。言ってしまえば、料理というのは創意工夫だ。

一番簡単に誤魔化すのならば、わからないほどに細かく切り刻むなり、すりおろして混ぜ合わせてしまえばいい。ただ、それではあまりにも芸がない。

そこで、苦手だと聞いていた人参などは星形にくり抜いて甘く煮ることにした。

「人参もこうすると、なんだか可愛く見えるから不思議よね」

「ホント、ホント。でも、このひと手間が大変なのよね。旦那だけならば、さくっと作ってさくって食べさせてっていうこともできるけれど、子供がいるとそうはいかないのよね」

「わかるわぁ。ましてや、うちの幼稚園ってお弁当じゃない。可愛くないお弁当を持たせると、嫌味をいうママ友とかもいるのよね」

「それって、愛里《あいり》ちゃんのママでしょう。あの女《ひと》って、なにかにつけて文句をつけたくてたまらないのよ。一番年上だからって偉そうにボスママぶってるけれど、周りから煙たがられてるって自覚が足りないんじゃないかしら」

幼稚園児を抱えるふたりは、ボスママの愚痴を口にした。柚実が言っていたように、幼稚園に持たせるお弁当作りも毎日のこととなると、ママたちにとってはなかなかの負担のようだ。

「お弁当ってセンスもあると思うのよ。可愛いカップにプチトマトを入れるだけでも、ずいぶんとぱっと見が変わるんじゃない」

「そうなんだけど、わたしって、もともとお料理自体があまり得意じゃないのよね。実家にいるときには母がなんでもしてくれていたし。デキちゃった婚だったから、お料理を含めていろいろと勉強や練習をする時間もなかったのよ」

希美はちろりと舌先を出した。二十九歳の人妻が料理を得意じゃないと公言するのはどうかとも思うが、どことなく少女のような雰囲気を残す彼女がそんな仕草を見せると、なんとなく納得できてしまうから不思議だ。

「それでね、涼太くんのアイデアでなんとかならないかしら？」

涼太の手元を手元をのぞき込みながら、柚実が問いかけた。

「なんとかと言われても、うーん……」

涼太は作業の手は休めずに頭をフル回転させた。作る料理のバリエーションを多少変えれば、弁当にも応用が利くものも多い。

「たとえば、作り置きオカズとして煮込みハンバーグを作るとしますよね。そのタネを余分に作れば、お弁当用のミニハンバーグにも使えると思うんですよ。他にもマカロニサラダを作るときに多少多めにマカロニを茹《ゆ》でておいて、ホワイトソースと和《あ》えればお弁当の付け合わせサイズのグラタンになりますよね」

その言葉に、ふたりは驚きを含んだ歓喜の声をあげた。

「やだっ、涼太くんって天才じゃないっ」

「本当よねっ、晩ご飯もお願いできる上に、お弁当のオカズまでなんて」

涼太の機転に希美はいたく感動している。それだけ弁当問題に頭を痛めていたのかも知れない。

「じゃあ、うちも来週から是非ともお願いしたいわ。小さい子がいるのは柚実さんのお宅と一緒だから、小さい子でも食べやすいように工夫してくれるのよね」

「彩季さんのスケジュールもあるから、早速日程の調整をしないといけないわね」

もはや涼太がなにかを言えるような状態ではなかった。最初なので、お試しだと言っていた柚実もすっかり作り置きオカズに夢中になっているみたいだ。

考えてみれば、小さな子がいる家庭はやはり外食をする際にも気を遣うのだろう。飽きてしまった子供がグズったり泣きだしたりすれば、周囲の客に気を遣い、店の外にあやしに出たりしなくていけない。食材の買い出しまで頼めて、プロが作る料理を家庭で味わうことができるのは、それだけ魅力的なことなのだろう。

希美はよほどボスママからのプレッシャーに悩み続けてきたのだろう。柚実に依頼された作り置きオカズを保存容器に綺麗に詰め、彼女の自宅を出るときには、翌日の昼すぎに希美の自宅を訪ねるという約束が取りつけられていた。

幼稚園に持たせる弁当作りに悩んでいるというだけあって、希美がリクエストしてきたのは弁当にも応用できるメニューだ。

「他のママや子供の手前もあって、あまり大きな声では言えないんだけど、本当のことをいえば、わたしって野菜よりもお肉とかのほうが好きなのよね」

はじめて会う涼太に対して、デキ婚だったことを打ち明けたりするくらいなので、希美は歯に衣着《きぬ》せぬタイプらしい。単に魚系よりも肉類のほうが好きだという言葉さえも、彼女が口にすると草食系ではなく肉食系女子みたいに聞こえる。

食物アレルギーがあるように、好き嫌いがあるのはおかしなことではない。苦手だったり嫌いな食材を口元をしかめて無理に食べるより、好きなものを美味しく食べるほうが身体だけではなく、心にもいいに決まっている。

それでも栄養面だけではなく色合いも考えて、使用する食材を提案する。ボスママからのプレッシャーに悩んでいるだけに、いかにも美味しそうで、かつ「映《ば》える」かが重要らしい。

メールでの打ち合わせを重ねてから、涼太は食材を買い込んで希美の自宅を訪ねた。同じ通園バスを利用しているというだけあって、希美が夫と暮らすマンションは柚実や彩季のマンションから徒歩で三分ほどの距離だ。

オートロックのエントランスを抜け、食材を手にエレベーターに乗り込む。エレベーターの扉が開くと、玄関から身体を半分だけ出して手を振っている希美の姿が目に入った。

今日は膝下丈のふんわりとした素材の淡いグレーのワンピース姿だ。昨日はロング丈のスカートに隠れていた、すらりとしたふくらはぎが目に入る。

「さぁさぁ、入って入って……」

周囲を憚《はばか》るように手招きするさまを見ていると、なんだかイケないことをしようとしているみたいな気持ちになってしまう。

招かれるままに、室内に足を踏み入れる。いたるところに家族写真が張られている。いかにも小さい子がいる家庭という感じだ。

食材をしまい身支度を整えると、まずはスペインオムレツを作る。要するにスペイン風のジャガイモと玉ねぎなどを使う具だくさんの卵料理だ。映《ば》えるように、刻んだ赤いパプリカも加える。このタイミングで弁当用の玉子焼きも焼く。コンロが三口あるのが有《あ》り難《がた》い。

「わぁ、玉子焼きにマヨネーズを使うの？」

「ええ、こうするとコクがでるし、冷《さ》めても美味しいんですよ。砂糖よりも味醂を使ったほうが焦《こ》げないので、簡単かもわかりませんね」

「でも、玉子焼きって上手く巻けないのよね。すぐに焦げちゃうし、なかなか綺麗に巻けなくて困っちゃうのよ」

「別に無理に巻かなくてもいいんじゃないんですか。行列ができる有名な店でもスクランブルエッグみたいに空気をたっぷり含ませるようにかき混ぜながら焼いてから、形を整えてるやりかたもあるんですよ。巻きながら形を整えると思うと大変ですけど、ふんわりとまとめるみたいな感覚ならば気楽にできませんか？　ラップを使って形を整える方法もありますよ」

「ふぅん、それならばわたしにもできる……かも？　ねえ、教えてもらったテクニックは自由に使ってもいいの」

「もちろんですよ。職人の世界にも技術は教わるのではなく、盗めという師匠もいますから」

「職人さんの世界は大変そうだけど、簡単なことなら少しずつ覚えていけそうだわ」

器用に菜箸《さいばし》を操る涼太の手元を見つめながら、希美は首を縦にこくこくと振った。身を乗りだしているので、ポニーテールに結いあげたうなじがもろに視界に飛び込んでくる。

わずかにうなじにかかる後《おく》れ毛が、なんとも言えない色気を醸しだす。ほっそりとした首筋からはほのかな香りも漂ってくる。涼太は鼻先を惑わす、やや甘さを含んだ柑橘《シトラス》の香りをゆっくりと吸い込んだ。

思わず手元が止まってしまいそうな涼やかな匂いに、鼻先が否応なしに引き寄せられてしまう。

まるで「地震《アース・クエイク》」と名づけられた、超濃厚なカクテルをいっきに呷《あお》ったみたいに、頭の芯がぐらぐらしてしまう。

涼太は両足をぐっと踏ん張ると、意識を目の前の料理に集中させた。牡の本能をかき乱す甘い柑橘の匂いは、いまは必要ない。夏雲のようにとめどなく湧きあがる邪念を振り払うように、ただただ目の前の食材に視線を注ぐ。

さらに豚ひき肉と刻んだレンコンなどをこねて、ソーセージを手作りする。それらを具材にしてガレットを焼く。ガレットとは蕎麦粉を使ったフランスの郷土料理でもあるクレープだ。ボリューム感があるので、メインデッシュにもなる。

それを応用して弁当用のオカズも作る。小ぶりのフライパンにパンケーキ用の粉を溶いたものを網目状に焼いてから、ミニサイズのウインナーを載せてくるくると巻きつけた。これはオヤツにもなるような見た目も可愛らしい一品だ。

「粉を溶いて作るのは同じなのに、それがガレットになったり、クレープになったりとぜんぜん違うお料理になるのね。本当にお料理って奥が深いのねえ」

感心したように希美が呟く。

「そうですね。ぼくにとっては毎日が勉強ですよ。リクエストがあれば、それに合わせたお料理を提供できるようにしています。曲がりなりにもプロですから、ご家庭の料理よりも少し凝ったものを作るように意識してるんですよ」

「涼太くんって大人っぽいのね。うちの旦那はわたしと同い年なんだけれど、まだまだ子供っぽいっていうか、独身気分が抜けきらないのよ。時代遅れっていうか、家事や子育ては女がぜんぶこなして当たり前って考えかただし。休みになると学生時代からの友だちと遊びに出かけたりして、家庭なんか顧みないって感じなのよね。専業主婦とはいえ、ワンオペ育児にも少し疲れてきちゃって……」

希美は切なげにため息をついた。ワンオペ育児とは、夫婦のどちらか一方に家事や育児の負担がかかっている状態のことだ。

「涼太くんって二十五歳だったっけ。考えてみれば、自分よりも若い人と話すことなんて久しぶりだわ。ママ友たちや幼稚園の先生たちはみんな年上なのよ。四十代のボスママなんか、わたしよりもひと回り以上も年上なんだもの。柚実さんは親切だけれど、やっぱり年齢の差を感じちゃうときだってあるし。考えてみれば、向こうが中学の制服を着ているときに、わたしはランドセルを背負っていたんだから、ギャップを感じるのも仕方がないのよね。それはわかってるんだけど。でも、このままだと老けこんじゃいそうな気がして、なんとなく焦りを感じちゃうときだってあるの。学生時代の友人は、いまだに朝まで遊んでいたりするんだもの」

「朝までですか？　お友だちはずいぶんとお元気なんですね」

「アラサーなんて仕事の要領や人付き合いのコツも覚えて、一番人生を謳歌《おうか》できるときなんじゃないかって思うのよね。ＳＮＳに映える写真をあげて、楽しそうにしている友人を見ると、このままでいいのかななんて考えちゃうのよ」

「でも、お部屋に飾ってある写真を見ると、ご家族でもいろいろなところにお出かけしているじゃないですか？」

「あれは家族サービスというか、娘サービスみたいなものかしら。娘が大きくなったときに、家族写真がなかったら可哀想だと思って……」

普段は胸の奥にしまっている希美の感情が、堰《せき》を切ったように溢れだしてくるみたいだ。二十五歳の涼太には、簡単に肯定することも否定することもできない。

思えば、彼女という特別な存在がいたこともなければ、流行りのスポットでデートをしたこともないのだ。

「ねえ、わたしってどう？」

「どっ、どうって……」

「イケてると思う、それともイケてない？　ママ友の中では一番若いし、ファッションや体形にもそれなりに気を遣っているのよ。ねえ、どう？」

「どうって言われても……」

涼太は言葉を詰まらせた。確かに目の前にいる希美は、幼稚園に通う子供がいるとは思えないくらいに若々しく見える。おまけに小動物のような、どことなく可愛らしさを漂わせる顔立ちをしていた。

それなのに、ふんわりとした素材のワンピースの生地を女らしいふたつのふくらみが押しあげていた。身体にぴったりとフィットしていないのが、逆に牡の妄想をかき立てる。

「たまに不安で心が押し潰されそうになるのよ。旦那は子供が産まれてからは、わたしのことを名前じゃなくてママって呼ぶようになったの。幼稚園でもママ友の間でも、わたしはなんとかちゃんのママって扱《あつか》いなの。子供がいるお母さんはみんなそんなものなのかも知れないけれど、まるで名前を忘れられちゃったみたいな気持ちになっちゃうのよ……」

焦燥感を滲ませる言葉をぽつりぽつりと口にする希美は、菜箸《さいばし》を操る涼太の手元を目を輝かせて見つめていたときとは別人のように寂《さび》しそうに見える。

「ええとですね。希美さんは十分にお若く見えるし、魅力的だと思いますよ」

手練れた男ならば、自分の若さや魅力について不安を抱える人妻の心を沸き立たせるような気が利いた言葉を口にすることもできるだろう。

しかし、涼太はそんな器用なタイプではない。先日、童貞を卒業したとはいえ、特定の彼女と交際したことさえないのだ。

「本当に、そんなふうに思ってくれる。まだまだ、イケてるんだって思っていいのかしら？」

希美がねっとりとした視線を絡みつかせてくる。熱気がこもった眼差しを感じると、身体が委縮してしまい、うまく声を発することができなくなってしまう。

「イッ、イケてる……と思います」

涼太が絞りだすように言うと、希美は、

「本当に、本当にイケてるって思ってくれるの。実はね、聞くのが怖くてたまらなかったのよ。周りのママ友たちから比べたらイケてるつもりだけど、自由気ままに生きているアラサーの女友だちと比べたらぜんぜんイケてないんじゃないかって……。本当よ、いまだってこんなにどきどきしているんだから」

希美は声のトーンをわずかに上下させながら、涼太の右手首を摑むと胸元へと引き寄せた。

うわっ、柔らかいっ……。

思わず感嘆の吐息が洩れそうになるのを、涼太は必死で堪えた。ワンピースの布地越しでも男とはまったく違う、もっちりとした感触が指先に伝わってくる。

「妊娠する前はDカップだったんだけど、授乳期はFカップまで大きくなったのよ。いまはEカップになってところかしら」

重量感と弾力をひけらかすみたいに、希美は背筋をぴんと伸ばすと胸のふくらみを突きだした。剝きだしになっているふくらはぎはすらりとしているのに、乳房はそれには不釣り合いなほどのボリューム感がある。

「ねえ、もっともっと触ってもいいのよ」

「いや、それは……」

年上の人妻の積極さに涼太は面喰うばかりだ。しかし言葉とは裏腹に身体は正直だ。衣服越しとはいえ、人妻の乳房に触れてしまったのだ。若い牡の身体が反応しないはずがない。チノパンツに包まれた下半身は、たちまち若々しさを漲らせてしまう。

「素直じゃないのね。そんなふうに言っても、身体は反応しているんじゃないの？」

希美は愛らしい唇の両端をきゅっとあげて囁くと、胸当てのあるエプロンですっぽりと覆われている男の下腹部をゆるりとなぞりあげた。

幾重もの布地によって隠されているとはいえ、そこは軽く触れただけでもわかるほどにはっきりと逞しさを蓄えていた。

「ほら、もうこんなになっちゃってる。涼太くんって元気なのね」

「いっ、いや、そんな……」

慌てて下半身を引いたが、もう遅かった。

「こんなふうになっちゃうんだ。旦那とはすっかりご無沙汰だから、こんな感触なんてすっかり忘れていたわ」

懐かしげな声を洩らす希美の触りかたが露骨になる。まるで、チノパンの中の男根の形状や硬さを、指先でじっくりと確かめているみたいだ。

「ねえ、さっきまだまだイケてるって言ってくれたでしょう。だったら、もっとちゃんと確かめて欲しいんだけど……」

言うなり、希美は身に着けていたワンピースの裾を摑むと、するすると捲《めく》りあげはじめた。剝きだしになっていたふくらはぎだけではなく、色の白い太腿が少しずつ露わになっていく。

太すぎず細すぎない、ちょうどいいボリューム感。見るからにしっとりとした、真珠のような肌の質感がたまらない。涼太は鼻先でこぼれる息遣いが荒くなっていくのを覚えた。

「見られていると思うと、恥ずかしいのに興奮しちゃうっ。旦那以外の男の人に見られるなんて……久しぶりだから……」

希美が肢体をくねらせながら、ワンピースをたくしあげていくと、オレンジ色に近いピンク色のショーツに包まれた下腹部が現れた。ショーツのフロント部分には、花の刺繡やリボンなどがあしらわれている。

服装などと一緒で、ランジェリーもやや可愛らしい感じが好みのようだ。インナーウエアの類いは着けてはいない。縦長で形のいいヘソの周囲が、女らしい括《くび》れを描いている。

「あんまり見られたら恥ずかしいわ」

そう言いながらも、ワンピースを引きずりあげる希美の指先がとまる気配はなかった。Ｅカップだという乳房を支えるブラジャーのアンダー部分が剝きだしになり、さらにこんもりとしたふくらみを包み込むカップが露わになる。

着痩せするタイプなのだろうか。胸元の丘陵は想像していたよりも、はるかにボリューム感に満ち溢れている。深々と刻まれた乳房の谷間に、嫌でも性的な好奇心を煽り立てられてしまう。

希美は自身の身体に注がれる若牡の視線を楽しむように身体をくねらせると、首元からゆっくりとワンピースを引き抜き、床の上にふわりと舞い落とした。これで彼女は鮮やかなピンク色のブラジャーとショーツだけを着けた姿になった。

「わたしだけ脱いでいるんじゃ、不公正だわ」

自ら衣服を脱いだにもかかわらず、希美は正当性を訴えるみたいに唇を突き出してみせた。容姿だけではなく、その仕草や口調までもが年上っぽくない愛らしさを漂わせている。思わず相手が年上の人妻だということを忘れてしまいそうになる。

「そんなに硬くなっていたら、窮屈《きゆうくつ》で仕方がないんじゃない？」

希美は二十代後半の肢体を揺さぶると、床の上にゆっくりと両膝をついた。彼女が床に膝をついたことで、ブラジャーに包まれた乳房のふくらみがまともに視界に飛び込んでくる。涼太は目を瞬かせながら、ごくりと唾《つば》を飲み込んだ。

上目遣いで涼太の顔を見あげると、希美はチノパンツのフロント部分を覆い隠すエプロンの中に両手を忍び込ませた。

チノパンツを留めるベルトを忙しなく外す、ガチャッという鈍い金属音がキッチンに響く。

「あっ、いやっ……ダメですって……」

涼太は腰を引いて逃れようとした。しかし、エプロンによって覆い隠された希美の指先は、チノパンツのフロント部分のファスナーの金具をしっかりと摑んでいる。見えないことが、破廉恥な妄想をよりいっそう高めていく。

「ダメなんて言いながら、ココはがちんがちんに硬くなっているわよ。ファスナーが張り詰めちゃって、なかなか引きおろせないくらいだわ」

希美は涼太の羞恥心《しゅうちしん》をかき立てるような言葉を口にした。イケないことをしていると思えば思うほどに、肉柱が猛々《たけだけ》しさを増してしまう。自身の身体とはいえ、こればかりは意志だけではどうにもならないことだ。

「こんなに硬くなるってことは、わたしはまだまだイケてるってことよね」

エプロンによって遮《さえぎ》られた彼女の手の動きから察するに、チノパンツのフロント部分を左手で押さえ込みながら、右手でファスナーをゆっくりと引きずりおろそうとしているみたいだ。

やや厚手のコットンの生地によって、ぎちぎちに締めつけられていた下半身が少しずつ解放されていくのがわかる。自由になったことにより、さらに股間に血液が流れ込む。

ファスナーを完全におろすと、希美はチノパンツとトランクスをひとまとめにしてずるりと引きずりおろした。下半身を覆っていたはずの布地は膝の辺りまでおろされているのに、肝心な部分はエプロンによって隠蔽《いんぺい》されている。

不自然なほどにこんもりと盛りあがったエプロンの前かけ部分を、希美の指先がそっとなぞりあげる。それだけで、剝きだしになった尻の肉がぴくぴくと蠢いてしまう。

「見えそうなのに、見えないのってエッチよね」

言うなり、希美はエプロンの下に両の指先を潜り込ませると、物欲しげにヒクつく肉柱を摑み、軽やかなタッチでしごきあげた。慣れた自分の指先とは違うしごきかただ。

ましてやそれが見えないとなると、興奮は否が応でも増してしまう。ペニスの先端からぬるぬるとした先走りの粘液が噴きだしたのだろう。肉幹をしごきあげる指先がぬるつき、こすりあげるタッチがなめらかになる。

「んあっ、それ……やばいっ、やばいですっ……」

涼太は狂おしげな声を洩らすと、もどかしげに尻を揺さぶった。はしたない欲望が暴走するのをとめられない。

「なんとなくだけど、男の子がスカートめくりをする気持ちがわかったような気がしちゃうわ」

年下の男が恥ずかしげに悶える姿を見あげながら、希美は口角をきゅっとあげて悪戯っ子のような笑みを浮かべた。楽しそうな表情を見ていると、いたたまれないような気恥ずかしさが胸の底から湧きあがってくる。

それでも、下半身の反乱は収まる気配がない。むしろ見て欲しい、遊んでほしいとねだるみたいに勃起の角度を増すばかりだ。

「どんなふうになってるのかな？」

お姉さんっぽい揶揄《やゆ》するような口調で囁くと、希美はエプロンをそろりそろりと捲りあげた。ぽろんっという音が聞こえそうなほどに、ペニスが勢いよく飛びだしてくる。亀頭の裏側の肉がきゅっと束になった部分が見えるほどの角度で反り返っている。

「若いだけあって、びっくりしちゃうくらいに元気なのね。角度もすごいけど、お汁の量も半端じゃないわね」

嬉しそうな声をあげると、希美は丸見えになった肉柱に指先をきゅっと食い込ませた。ほっそりとした指先で握り締められる感覚。男の骨ばった指先とは違う感触に、桃のように割れた鈴口からとろみのある牡汁が溢れだしてくる。

慣れた男ならば自ら腰を前後させたり、口唇奉仕をせがむ言葉を口にすることもできるだろう。しかし、先日まで童貞《チェリー》だった涼太は、そんなところまで頭が回らない。どうしていいのか、どんな顔をすればいいのかさえわからず、不安げに口元をもごもごと動かすしかない。

「お料理をしているときは大人っぽいのに、こういうときは意外と純情《うぶ》なのね。なんだかギャップ萌《も》えしちゃうわ」

すっきりとした顎先を突きだすようにして囁く、希美の口元からピンク色の舌先がのぞく。粒だった舌先を見ると、先日の彩季の口唇奉仕が脳裏に蘇ってくる。温かく柔らかな舌先の感触は、オナニーとは比べものにならない。

涼太は胸元を喘がせながら、悩ましい声を洩らした。大人の悦びを知ってしまった肉柱が、淫猥な舌使いを求めるようにびくっ、びくっと跳ねあがる。

「もしかして、舐めたりして欲しいの？」

ストレートすぎる年下の男の反応に気をよくしたように、希美は八重咲きの桜のような色合いの舌をちろちろと左右に動かしてみせる。

自由自在に妖しくくねる舌先を見ているだけで、牡の象徴《シンボル》がうんうんと頷くように鎌首《かまくび》を上下に振ってしまう。

「男の子は素直と元気なのが一番よね」

お姉さんっぽい口調で囁くと、希美は前のめりになって口元をペニスへと近づけた。半開きになった唇から熱気を帯びた息が亀頭に吹きかかる。

それだけで喉の奥に詰まった声が洩れてしまう。しかし、劣情に逸《はや》る牡の心を、身体を焦らすかのように、なかなか舌先を伸ばしてこない。

「あああっ……はっ……」

早くぅと涼太が口走りかけた瞬間、潤みの強いカウパー氏腺液を滲ませる鈴口を希美の舌先がちゅるりと舐めあげる。少しもったいぶったような舌使い。

「ふぅっ、いっ、いいっ……」

堪えようと思っても、女のような悩ましい喘ぎ声が洩れてしまう。知らず知らずのうちに、尻に力が入り、膝が小刻みに震えそうになる。温かい唾液をまとった舌先の感触は、それほどまでに魅力的だった。

ちろりっ、ちゅるっ、ちゅるぷっ、ちゅるちゅっ……。

希美は濡れ光る舌先をぐぅんっと伸ばし、亀頭や肉幹に絡みつかせる。舌先が妖しい軌道を描くたびに、喉元が、背筋がしなってしまう。エプロンを摑んでいるので、希美の左手は自由にならない。

「もっと気持ちよくなりたい？　もっといっぱいおしゃぶりされたい？」

意味深に問いかけると、希美はOの字型に唇を大きく開き、亀頭をぱっくりと口の中に含んだ。亀頭が温かくぬめ返った口内粘膜にじゅっぽりと包み込まれる。

「いいっ、いいですっ、気持ちいいっ……」

涼太は半分裏返った声を洩らした。亀頭を咥え込まれただけで、膝から力が抜けそうになるくらいに気持ちがいいのだ。

さらに奥深くまで飲み込まれたら、もっともっと気持ちがいいに決まっている。涼太は所在なさげにおろした両の拳をぎゅっと握って、背筋を這いあがってくる快感を味わった。うっかり気を抜いたら、あっという間に暴発してしまいそうだ。

亀頭を口に含んだことで、希美の両手は自由を得た。その手は涼太の背後に回り、エプロンの結び目をしゅるりとほどいた。これで腰の辺りの縛《いまし》めから解き放たれる。

「ねえ、じっくりとしゃぶってあげるからエプロンを取ってよ」

この場での主導権は希美が握っている。彼女に言われるままに、涼太はエプロンを剝ぎ取った。白いワイシャツのボタンは留まっているが、チノパンツとトランクスは膝の辺りまでずりおろされている。

中途半端に脱がされた格好のほうが、全裸よりもはるかにいかがわしく思えた。涼太の前に膝をついている希美も、ブラジャーとショーツだけをまとった姿だ。

手足はすらりとしているのに、乳房やヒップラインは女らしい曲線を描いている。ブラジャーによって頂きが隠れているのが、余計に牡の好奇心を煽り立てた。

見てはいけないと思うほどに、視線が引き寄せられてしまう。年下の男の視線に気づいたのだろう。希美はわざと二の腕を寄せて、乳房の谷間を強調してみせる。

「涼太くんって、もしかしておっぱい星人なの？」

希美は目尻をさげて笑うと、両手を背中に回した。意味深すぎる言葉と、しどけない仕草に牡の昂ぶりは増すばかりだ。

希美がわずかに前のめりになって肢体を左右にくねらせると、耳には聞こえないプツンという後ろホックを外す音が聞こえた気がした。その瞬間、牡の手のひらでも収まりきらないサイズの乳房がこぼれ落ちてくる。

「そんなにじろじろと見られたら、恥ずかしいわ」

羞恥を口にしながら、希美は胸元で両手を交差させた。両の肩先から、乳房を支えていた肩紐がずり落ちている。

「もう、涼太くんってエッチなのね」

胸元に突き刺さるような牡の視線を楽しむみたいに、希美はわざと両腕に力を込めて谷間を強調してみせると、ふわっと力を抜いた。無防備になった胸元から、オレンジがかった鮮やかなピンク色のブラジャーがすべり落ちる。

うわっ……。

思わず声が洩れそうになってしまう。剝きだしになった双乳の頂きは、ミルクキャラメルのような色合いだ。それが妙に生々しく見える。

「もう、あんまり見ないでよ。子供を産んだり、授乳したりすると、やっぱりちょっと色が濃くなっちゃうのよ……」

好奇心に駆られた涼太の視線に気づいたように、希美は言い訳めいた言葉を口にした。色合いを増した乳首は、まるでここにあるんだと自己主張しているように思える。

思わず、喉元が小さく上下してしまう。

年下の牡の視線に反応するかのように、希美の乳首はきゅんと尖り立ち、さらにその色を濃くしている。

「だって、美味しそうに見えたから……」

あまり深い意味もなく、涼太は言った。女に対して、ましてや妙齢の女に対して美味しそうというのは、性的な意味以外にはないと言ってもいいだろう。

しかし、日頃から飲食に携わっている涼太にとっては、それはスイーツとしての意味合いだった。

「いやだわ、美味しそうだなんて……」

希美の物言いがしどけなさを増す。隆々と反り返ったペニスを凝視すると、再び大きく唇を開いて深々と咥え込み、舌先や口内粘膜をまとわりつかせる。

今度は亀頭よりも深い部分までだ。口唇愛撫される面積が大きくなるほど、下腹部を包み込む至福感も増していく。

特に牡茎の裏側に舌先をべったりと密着させて、小刻みにふるふると振り動かされると、なまめかしい声を押さえられなくなるほどだ。

「いいのよ。気持ちがいいときは声を出したって」

言い含めるように囁くと、希美はいっそう大きく唇を開き、威きり勃ったモノを迎え入れた。まるで全身が生温かいゼリーの中にずぶずぶと沈み込んでいくような快美感に、涼太は唸るような声を洩らした。

「思いっきり感じさせてあげる。その代わり……」

「その代わり……？」

「だから……わたしもいっぱい感じさせて……」

希美はとろみのある声で囁いた。五歳年上なのに、彼女は甘え上手だ。本当のことを言えば、涼太には年上の女を悦ばせられるような手練手管はない。それでも己の心身を駆使して、淫らな声を迸らせたいと思ってしまう。

どうしたら、とかどうすればとか考える余裕などなかった。男が仁王立ちになってフェラをしてもらう体勢は、牡の視覚と嗜虐欲《しぎゃくよく》を満足させる。しかし、相手を見おろすような格好では、対等に向かい合っているとは思えない。

涼太は腰を揺さぶりながら、膝の辺りで留まっていたチノパンツとトランクスを一緒くたに脱ぎおろすと、その場にゆっくりと膝をついた。希美と視線が交錯する。

彼女はわずかに開いた唇をかすかに動かすと、キスをせがむようにまぶたを伏せた。綺麗なカールを描くまつ毛がかすかに震えている。

震えているのは涼太だって同じだ。相手が違えば、得られる悦びだって違うはずだ。不埒《ふらち》な予感と未だ知らぬ快感が、どっと押し寄せてくる。

口づけをねだる希美の表情に、涼太は唇をわずかに開き、ゆっくりと口元を重ねた。

ふにゅりとした感触で唇が重なる。その途端、希美の唇のあわいから甘ったるい吐息がこぼれる。それは年下の男に対する最高の賛美のような気がした。わずかに開いたハマグリの口を開くみたいに、舌先を少しずつ差し入れる。

「もっ……もっと……わけがわからなくなるくらいに激しくしてぇっ……」

希美は自ら大きく唇を開くと、積極的に舌先を絡みつかせてきた。しなだれかかるように、涼太の体躯に両手を回しそっと抱き締める。

ぢゅぷっ、ぢゅるぷぷっ、ぢゅちゅちゅっ……。

舌先が奏でる湿っぽい音とともに、ふたりの息遣いも激しくなっていく。涼太はワイシャツで包まれた胸板に、乳房のふくらみが押しつけられるのを感じた。

ワンピースやブラジャーを失い、ぷるるんと重たげに揺れている乳房を下から支え持つ。それは想像していた以上の大きさと重みだ。

手のひらに吸いつくような質感と、指先を押し返す弾力がたまらない。涼太の手の中でしこり立つ頂きは、琥珀《こはく》にミルクを混ぜたような色合いで、まさに小ぶりのキャラメルみたいだ。

直径一センチほどの乳首を、親指と人差し指の腹でそっとつまんでみる。それはグミのようにもちもちとした弾力で、指先を押し返してきた。味覚と同じく、触覚も人間の本能的な部分をダイレクトに刺激する。

こんもりとした柔乳に顔を埋め、美味しそうなキャラメルをついばみたくなるのは、男として当然のことだ。涼太は、

「うおおっ……」

と唸るような声をあげると、希美の肢体をゆっくりと床の上に押し倒した。重たげな乳房が左右に流れるのを両手で支え持ち、頬をすり寄せる。顔を左右に揺さぶると、ふわとろ食感の大福のようにぷにぷにした乳房のあわいに両の頬が包み込まれる。

男とは違う水分を感じさせる柔らかな感触に、感嘆の声が洩れてしまう。ふふんと鼻先を鳴らすと、女らしさを漂わせるかすかな体臭が鼻腔に忍び込んでくる。

「はあっ、感じちゃうっ……。こんな感覚、すっかり忘れてたわ」

希美は形のよい唇をヒクつかせながら悩ましい声をあげ、涼太の髪の毛を愛おしげに梳《す》きあげた。愛撫をせがむみたいに、胸元をぐっと突きだしてみせる。

「希美さんっていやらしいんですね」

「だって、硬くなっているオチ×チンを見たら、我慢できなくなっちゃうに決まってるじゃないっ……」

少し拗ねたような物言いが耳元を直撃する。人妻が口にするには卑猥すぎる単語に、そそのかされるように肉柱がびくんっと反応してしまう。

涼太が覆い被さるような格好で、ふたりの身体は密着している。年下の男の身体の中心部分の蠢きを感じ取ったのだろう。

「やだっ、オチ×チンが動いてるっ……。硬いのが当たってるぅっ……」

希美は口元から悩乱の喘ぎを洩らした。

「仕方ないじゃないですか。希美さんが、希美さんの身体が、エッチすぎるんです」

涼太は開き直るように言うと、右手で左の乳房を鷲摑みにし、右の乳房の頂きにちょこんと乗った淡い茶色の飴菓子にしゃぶりついた。

いきなり荒っぽく歯を立てるような真似をするような度胸はない。すぼめた唇でしこり立った乳首を遠慮がちに包み込み、そっと舌先で舐め回す。

「いっ、いいわあ。舌先で舐められると……ヘッ、ヘンになっちゃうっ……」

希美は天井に向かって顎先を向け、鼻にかかった声をあげた。牡の唇や舌先の感触を味わうように、目を伏せた表情が艶っぽい。男は快感を貪るときに目を開けているが、女は感覚を研ぎ澄ますみたいに目をつぶるようだ。

そんなささやかな違いを発見できるくらいには、涼太の中にも多少の余裕が生まれていた。希美の感じるスポット、愛撫の仕方を探るように舌先を乳首に這い回らせる。

「ねえっ、もっと……激しい感じでして……。ぢゅぱぢゅぱ吸われると、余計に感じちゃうっ……。少し乱暴な感じでされるのも好きなの」

希美はあられもない言葉を口にした。久しぶりに味わう、牡の身体を堪能したくてたまらないという欲深さが滲んでいる。

荒っぽい感じと言われても、経験が少ない涼太にはピンとは来ない。おねだりされるままに、水っぽい音を立てながら乳首をすりあげる。

「もっ、もっと激しくよぉっ……。ねえ、乳首の根元を噛みながら、先っぽを舐め回してみてぇっ……」

人妻の大胆すぎるリクエストに、思わずどきりとしてしまう。しかし、おねだりされた以上は、彼女の希美を叶えてやりたい。

それが男としての義務のように思えると同時に、どんなふうに愛撫をしたら、女を悦ばせられるかということに興味が湧いてくる。

涼太はねだられるままに、キャラメルカラーの乳首の根元に軽く前歯を立てた。いわゆる甘噛みというやつだ。加減がわからないので、少しずつ力を加えながら、その先端を舌先でちろちろと舐め回す。

きゅりっと歯を食い込ませても、希美はツラそうな声をあげたりはしない。むしろ、快美感と比例するように息遣いが短くなり、口元から迸る悶え声が甘さを増していく。

「はあっ、おっぱい、嚙んでえーっ。ぎゅって嚙んでぇっ……」

哀願するようなおねだりに、涼太は乳首を挟んだ前歯に力をぐっと込め、左右にスライドさせた。

「そっ、そうよっ、いいっ、すっごく感じちゃうっ。そのまま、思いっきりずるずる吸ってみてっ……」

背筋がぞくぞくするような淫らなお願いに、涼太はこれでもかとばかりに派手な炸裂音を立てて乳首を吸い込んだ。

希美は頭を左右に振りながら、歓喜に身体を打ち震わせている。そんな姿を見ていると、いっぱしの男に近づいたような心持ちになってしまう。

「気持ちがよすぎておっぱいが溶けちゃいそうっ……」

希美は小鼻をひくつかせ、頰や胸元をうっすらと紅潮させている。お姉さんっぽく振る舞い、年下の涼太の下半身から衣服を奪い取った女とは別人みたいで、なんとなく意地悪をしたくなるのが不思議だ。

涼太は乳首から口元を離すと、彼女の顔をのぞき込んだ。希美は怪訝《けげん》そうに眉頭を

寄せると、

「えっ、急に……どうしたの？」

と不満げに問いかけてくる。

「だって、さっき言っていたじゃないですか？　ぼくを思いっきり感じさせてくれるって……」

「あっ、それは……」

「だから、ぼくだって頑張ったんですよ」

涼太はポーカーフェイスを装《よそお》った。本当はこんな駆け引きなどしたことがない。心臓が大音量でばくばくと鼓動を打っている。

「もうっ、欲張りさんなんだから。いいわ、攻守交替しましょう。今度は涼太くんが仰向けに寝てみて」

「仰向けに寝るんですか？」

「そう、仰向けに寝そべって。そうね、約束してたわね。思いっきり感じさせてあげる。でも、どんなに気持ちよくても我慢してよ。置いてきぼりなんて許さないんだから」

希美の自信ありげな物言いに、どうしたって期待は高まるいっぽうだ。思えば下半身は丸出しなのに、白いワイシャツとソックスを身に着けている姿は少し間抜けにも思える。

涼太はボタンを忙しなく外し、ワイシャツとインナーウェア、さらにソックスを脱ぎ捨てた。募《つの》る期待に胸を弾ませながら床の上に横たわると、希美もきゅっと盛りあがったヒップをくねらせてピンク色のショーツを引きおろした。

これで、ふたりとも生まれたままの姿だ。ショーツに隠されていた希美の下腹部は、ほっそりとした彼女らしく余分な肉はついていない。かすかな丘陵を見せる部分には、縮れた毛がこんもりと生い茂っていた。

「じゃあ、思いっきり感じさせてあげる。その代わり、わたしのことも感じさせてね」

不敵とも、小悪魔的とも思える笑みを浮かべると、希美は涼太の頭部を跨ぐように膝をついた。目の前に普段はショーツの船底形の部分で隠された部分が迫ってくる。

色の白い太腿の付け根の部分はわずかに肌の質感が異なり、うっすらとピンクがかって見える。ややふっくらとした大淫唇に、縮れた毛が生えているのがリアルだ。

ひらひらとした二枚の花びらがちらりと顔をのぞかせているさまは、軽く火を通した牡蠣《かき》を連想させる。希美が少しずつ腰を落としてくると、甘酸っぱい芳香を漂わせる秘唇が近づいてきた。

それと同時に彼女は涼太の下腹部に手をつき、ゆっくりと前傾姿勢になっていく。いわゆるシックスナインの体勢だ。実体験はないものの、それがなにを意味しているかくらいはわかる。

痛いくらいにぎちぎちに勃起したペニスに、希美の熱気を孕《はら》んだ息遣いを感じる。否が応でも破廉恥な期待は高まっていくばかりだ。

てろりっ……。

温かい舌先が牡のフェロモン臭を放つ亀頭を舐めあげる。思わず涼太は、

「あうっ、うわっ……」

と声をあげていた。舌先を少し伸ばせば届く距離で、太腿を左右に割り開いた希美の女の部分が息づいている。かすかに綻んだ花びらが、若牡を挑発しているみたいだ。

「たっぷりと感じさせてあげる」

希美の指先が威きり勃ったペニスの根元をしっかりと握り締める。寝そべっている涼太には、希美がなにをしているのか、なにをしようとしているのかをうかがい見ることはできない。それが余計に劣情を煽り立てる。

ずるりっという湿っぽい音を立てながら、亀頭が生温かい口内粘膜に包み込まれる。

仁王立ちでしゃぶられていたときとは反対に、裏筋ではなく亀頭の表面に舌先が密着するのがわかる。

当たる部位や角度が変わるだけで、こんなにも感じかたがかわるものなのか。涼太は眉間に皺を刻んで背筋をしならせた。

「いっぱい、感じたいんでしょう。だったら、わたしも感じさせてよ……」

淫猥極まりないおねだりをするように、床に膝をついた希美はなよやかにヒップを揺さぶった。花びらの隙間から漂う牝の香りが強くなる。まるで咲き誇る花々が、甘い蜜でミツバチを誘うかのようだ。

甘美な香りにそそのかされるみたいに、涼太は花弁目がけて舌先を伸ばした。花びらの合わせ目に触れた途端、濃厚な愛液が舌先に滴り落ちてくる。

「いっ、いいわあ。オマ×コを舐められると、頭がヘンになりそうなくらいに感じちゃうの」

はしたない四文字言葉を口にすると、希美はさらに深々とペニスを咥え込んだ。頬の内側の口内粘膜をぺったりと密着させながら、舌先をねちっこく絡みつかせてくる。

仁王立ちでのフェラチオのときよりも快感が強い。仰向けに寝ているからよいものの、立っている時にこんなふうに舐めしゃぶられたら、膝から崩れ落ちてしまうに違いない。快感を堪えるように涼太は、希美のヒップを両手でしっかりと抱きかかえた。

「きっ、気持ちいいっ。オマ×コが溶けちゃいそうよ。涼太くんのことも、もっともっと感じさせてあげるっ……」

希美はうっとりとした声で囁くと、きゅんとすぼめていた口元から力を抜いた。ペニスは根元近くまでしっかりと咥え込まれている。希美は亀頭の裏側から根元へと続くラインを、前歯でそっと引っかくように愛撫した。

亀頭から根元への一方通行な愛撫の仕方。それを何度も何度も繰り返す。

「こっ、こんな……」

繊細なタッチの口撃に、涼太は惑乱の声をあげた。希美の蜜唇を舐め回さなければいけないことが、つい頭から吹き飛びそうになる。それでも、必死に花びらに舌先を這わせた。

牝蜜は濃度を増し、ますます甘ったるい匂いが強くなる。花びらの合わせ目の牝核はぷっくりと充血し、薄い肉膜から半分くらい顔を出している。

希美による口内粘膜や舌先、歯さえも駆使した愛撫は執念深ささえ感じる。それは牡の一番敏感な部分をこれでもかとばかりに攻め立てる。このままでは、暴発してしまいそうだ。

「どんなに気持ちよくても我慢してよ。置いてきぼりなんて許さないんだから」

そう囁いた希美の言葉がリフレインする。それだけは避けなくてはならない。ならば、希美を先に最高の高みに押しあげるしかない。

涼太は舌先に意識を集中させ、希美の女淫の上で舌先を激しく揺さぶった。特にふくらみきったクリトリスに舌が触れると、彼女の喘ぎ声が甲高くなる。ここが希美が一番弱い部分に違いない。淫核に目標を定めて、集中的に攻撃をしかける。

「あーん、そこ感じちゃうっ。クリちゃん、弱いの。ヘンになっちゃうっ……」

桃尻をがっちりと摑んだ涼太の指先に、深部の肉がヒクついているのが伝わってくる。男女の違いはあったとしても、オナニーの経験から考えるにそれは絶頂が近付いている証しに違いない。

ちろっ、れろり、でろ、れろっ……。

涼太は徹底的に淫核を舌先で攻撃した。ときには軽快にクリックするように、ときにはじっくりとこねくり回すように。一心不乱にクンニをすることで、いまにも暴発しそうになる下半身から多少なりとも意識を逸らすことができる。

「いっ、いいっ、ダメッ、イッ、イクッ、イッちゃうーっ……！」

涼太が両手で押さえ込んでいる、希美の尻がびゅくんと大きく弾んだ。

「はぁん、もうっ……」

切れ切れの声を洩らしながら、女豹のように尻を高々とあげていた希美が涼太の下腹部目がけて前のめりに突っ伏した。

もはや両膝で身体を支えているのもツラいようだ。乱れた呼吸を吐きながら、力を振り絞ってわずかに上半身を起こすと、床の上に仰向けに倒れ込んだ。

「イッ、イッちゃったぁ……。オマ×コがヒクヒクいってるっ。オチ×チンが欲しいっていっているのぉっ……。ねえ、きてえっ……。かっ、硬いので……思いっきりずこずこされたいのっ……」

全身を覆う絶頂に希美は腹部を波打たせながら、熱い視線を投げかけてくる。彼女はクンニでエクスタシーに達しているが、涼太はまた樹液を発射していない。懸命に我慢していたのだ。牝臭を放つ女淫に、猛りきったペニスを突き入れたいに決まっている。

「あんまり焦らさないでよ。このままじゃ、おかしくなっちゃうわ」

物欲しげな声で囁くと、希美はココに挿《い》れて欲しいのと訴えるみたいに自ら両足を高々と掲げた。それはオムツを替えられるときの赤ん坊のようなあられもない格好だ。

そこまで求められたら応じないわけにはいかない。その前に、はちきれんばかりに若々しさを漲らせた男根が、女壺の中に入りたくてうずうずしている。

彩季との初体験では、彼女が騎乗位で跨りリードしてくれた。しかし、騎乗位ではなくてもここまで具体的なポーズを取られれば、どこにどうすればいいのかはＡＶなどの知識ではなく、牡の本能的な部分で理解できる。

涼太は身体を起こすと、まだ不規則な痙攣《けいれん》を繰り返す希美に膝立ちで挑みかかった。大きく左右に割り広げた太腿のあわいは、唾液と牝蜜が混ざりあった液体で濡れまみれている。

高々とあげた彼女の太腿の裏側を摑むと、花びらの合わせ目に狙いを定め、ゆっくりと体重をかけていく。

ぢゅるっ、ずりゅっ……。

卑猥な音を奏でながら、希美の秘唇がペニスを飲み込んでいく。すでに絶頂を迎えている膣内《なか》だけでなく、大淫唇や内腿が小刻みにヒクついている。

「ひあっ、膣内がうねうね絡みついてくるっ……」

たまらず、涼太は歓喜の声を迸らせた。粘度の高い愛液が溢れ返る蜜壺は、まるで意志がある生き物みたいに細かな肉襞を隆起させ、肉茎にまとわりついてくる。まるでやんわりとしごきあげられるみたいだ。

「たっ、たまらないっ。こんなに硬いなんて……。ねえ、思いっきりしてぇっ。身体がどうにかなっちゃうくらいに……はっ、激しくして欲しいのぉ……」

涼太に両の足首を摑まれながら、希美はペニスを咥え込んだ下半身を円を描くように揺さぶった。ますます締めつけが強くなるみたいだ。

「あっ、あんまり締めつけられたら……」

涼太は胸を喘がせた。彩季とのときは騎乗位だったので、彼女の腰使いに翻弄《ほんろう》された形だ。しかし、今回は正常位なので多少腰をくねらされても、ストロークするのは涼太なので調整が利きそうだ。

涼太は臀部にぎゅっと力を入れると、ゆっくりと深呼吸を繰り返した。急激なカーブを描いて上昇していた快感が、心なしか穏やかになる。涼太自身のペースならば、じっくりと煮込んだ角煮のようなとろとろの媚肉《びにく》を堪能できそうだ。

騎乗位で腰を振り立てる彩季とのときは見おろされる形だったが、今回は正常位なので涼太のほうが視線が高くなる。たったそれだけのことなのに、なんだか優位な立場に立ったような気持ちになる。

「いっ、いきますよっ……」

「だ・か・ら……あんまり焦らさないでぇっ……早くっ、かき回してっ……」

逞しい突き入れをねだるように、希美が駄々っ子ように肢体をくねらせる。左右にたぷたぷと揺れる乳房が蠱惑的で、花芯に突き入れた肉欲の塊がさらにひと回り大きくなるみたいだ。

大きく息を吸い込むと、涼太はいっきに腰を前に押しだした。じりじりとにじり寄るようにわずかに膝を前に進める。

「ひあっ、いいっ、奥まで……奥まできてるぅっ……」

希美は整った美貌を歪めると、形のいい唇を戦慄かせた。これ以上は突き進めないというところまで挿れ、煮蕩けた蜜壺の感触をじっくりと味わう。

指先でしごかれるのもいい、口唇奉仕されるのもたまらない。しかし、彼女の膣内《なか》に取り込まれるような感覚はそれらとはまったく別物だ。

ペニスを深々と突き入れたことで、膣内に充満していた濃厚な牝蜜がじゅわりと溢れだしてくる。ぬめりを肉棒にたっぷりとなすりつけながら、今度はゆっくりと腰を引く。いっきに昇りつめるのを避けるように、極めてスローなペースの抜き差しだ。

「いいわぁ、すごく感じちゃうっ……ねえっ、もっと激しくして……」

暴発しないようにと慎重に腰を振り動かす涼太の胸中など知らぬように、希美は派手な腰使いをねだった。年上の女の欲深さを痛感させられるみたいだ。

「んんっ……ぐうっ……」

くぐもった声を洩らしながら、涼太は少しずつ腰使いのペースを速めていく。これでもかとばかりに深々と突き入れると、深淵で待ち構える子宮口にがつんとぶち当たる。

子宮口を押し込むようにぐりぐりと刺激すると、ペニスがずるりと抜け落ちる寸前まで腰を引く。それを何度も何度も繰り返す。腰を使うたびに、溢れだした牝蜜がぐちゅっ、ぢゅるぶっという脳幹に響くような扇情的な音を奏でた。

「いいっ、たまんないわっ、こんな感覚……ずっと忘れてたの。もっと、もっと滅茶苦茶にしてっ……」

縦に腰を使う涼太の腰使いを追うように、希美は∞の字を描くようにヒップを振る。直線的な動きと曲線的な動きが重なることで、さらに快美感が増幅していく。

「はあっ、もっともっといっぱい感じたくなっちゃうっ。ねえ、お願いっ。今度は、今度は後ろからしてみて……。動物みたいにワイルドな格好でされたいのっ……」

女の欲望には限りはないのだろうか。希美は高々とあげた両足を揺さぶりながら、卑猥すぎるリクエストを口走った。

後背位はどんな格好でするのかくらいはわかっている。しかし、体験するのは初めてだ。貪欲さに呆《あき》れるように、涼太は摑んでいた彼女の両足を解放した。

仰向けになっていた希美はゆっくりと肢体を起こすと、今度は床に手をついて愛液まみれの尻の割れ目を高々と突きだした。グラビアなどで見る女豹のポーズというやつだ。牡の本能を挑発するように、女らしい丸みを帯びたヒップが強調される。

「希美さんってドスケベなんですね」

「そんなふうに言わないでよ。久しぶりのエッチなのよ。心ゆくまで楽しみたいじゃないっ……」

抗議めいた言葉を口にしながら、希美は天井からの照明を受けてぬらぬらと光る媚肉を揺さぶった。室内に漂う牝の匂いがいっそう強くなる。

フェロモンの香りに誘惑されるように、涼太は膝立ちのままにじり寄ると肉感的なヒップを両手で摑んだ。正常位での抜き差しによって、二枚の花びらは充血してわずかに厚みを増している。その狭間《はざま》目がけて亀頭を押し当てる。

わずかに腰に力を入れただけで、甘露を滴り落とす女花がペニスを嬉しそうに飲み込んでいく。正常位とでは蜜壺に当たる角度や締めつけが微妙に違う。

「んんっ、いいっ、ものすごくエッチなことをしてる気分になっちゃうっ……。もっと荒っぽい感じでかき回してえっ、思いっきり淫らになりたいのっ……」

前傾姿勢になった希美は恭悦の声をあげた。わずかに首をひねって、涼太のほうへと視線を投げてくる。その瞳にはうるうるとした妖しい輝きが宿っていた。家族写真に写る彼女と同じ女とは思えないくらいだ。

「そっ、そんなふうに言われたって……」

涼太は唸るような声を洩らした。堪えに堪えてはいるが、限界は確実に近づいてきている。このままではいつ暴発してもおかしくない。いっそのことリミッターを外して、いっきに最高の瞬間へと駆けのぼりたくなる。

「じゃっ、じゃあっ、思いっきりいきますよ。ぼくだって、そう長くは持ちそうもないですけど」

「いいわっ、きて、きてよぉっ、わたしだって……もう一度イッちゃいそうなんだからぁ……」

希美の声が背中を押す。涼太は熟尻を摑んだ指先にぐっと力を込めた。二度、三度と荒っぽく息を吐くと、渾身の力で腰を振りたくる。

「ああんっ、いいっ、なんだか犯されてるみたいっ……」

希美は喉を絞った。快感がいっきに急上昇する。

「ぼっ、ぼくだって……」

尾てい骨の辺りに甘い疼きを感じた瞬間だった。

ピーンポーン、ピィンポーン……。唐突に来訪者を知らせる玄関のチャイムが鳴った。ふたりはぎくりとしたように視線を絡ませる。

「あーん、いいところなのにぃ……」

希美の唇から口惜《くや》しそうな吐息がこぼれる。来訪者が誰なのかはわからない。

「誰か来ることになっていたんですか？」

「まさかぁ……」

涼太のペニスをしっかりと咥え込んだまま、希美は困惑の表情を浮かべた。

「インターホンは？」

「それが先週あいにく故障しちゃって、週末に修理してもらうことになっているの」

ふたりは気配を潜めた。キッチンを備えたリビングは２ＬＤＫのベランダ側にある。それでも来訪者が誰なのかわからないのは不安だ。下手に居留守を使うのも危険に思える。

ピンポーン、ピーンポン……。

機械的な音が執拗に鳴り続ける。

「仕方がないから見に行きましょう。あーん、そのままよ。オチンチンは抜かないでよぉっ……」

希美は大胆すぎる言葉を口にした。もちろん、ここまできてお預けを喰らうのは涼太だってまっぴらだ。ふたりは結合部を突き合わせるようにしながら、慎重に立ちあがると玄関に向かった。希美を背後から抱き寄せるような格好だ。

身体の中心部分が繋がっているので、ゆっくりとしか足を進めることができない。不安定な体勢なので足を前後させるたびに、ペニスがきゅっ、むぎゅっと不規則にこすりあげられるみたいだ。

その間もチャイムは執拗に鳴り続ける。言葉どころか、息遣いも抑えなくてはならない。どうしようもないほどの背徳感が全身を包み込む。

なんとか玄関までたどり着くと、希美は玄関のドアに体重をかけないように、のぞき窓から外を確認した。背後にいる涼太には、ドアの向こう側をうかがうことはできない。

「あっ……」

希美の唇から小さな声が洩れる。意識を集中していなければわからないような声だ。不意にカツンッ、カツンという靴音が聞こえた。それは次第に遠ざかっていく。

「もう、同じ階の奥さんよ。きっと回覧板を届けに来たんだわ。暇なのか、回覧板を届けに来ては長話をしたがるから、少し迷惑をしているのよ」

希美の声にはわずかにイラつきが感じられた。鉄製の扉の向こう側は、いつ誰が通るかわからないマンションの廊下だ。

ホッとすると同時に、イケないことをしているというスリルが胸の奥底から湧きあがってくる。それは最高の興奮剤だ。

よろけるように希美が玄関のドアにもたれかかった。ふたりの身体は繋がったままだ。涼太は背後から彼女の乳房を鷲掴みにすると、むぎゅむぎゅと指先を食い込ませた。

「ゃあんっ、こっ、こんなところでなんて……」

「だって希美さんって、ものすごくいやらしいじゃないですか。こんなところでしたら、余計に感じるんじゃないですか」

「はあっ、でっ、でも……こんな……玄関先でなんて……」

ふたりは声のトーンを落として囁き合う。こんなところでなんてと言いながらも、希美の蜜肉はペニスを嬉しそうに締めあげてくる。

「声が出ちゃうっ……はあっ、キスしてぇっ……」

小声で囁くと、希美はキスをせがんできた。唇を塞いで、洩れる声を塞ごうという目論見《もくろみ》らしい。

涼太は首を伸ばして甘ったるい吐息を洩らす、唇にキスをした。そのまま背後から渾身の力で抜き差しをする。

「ぁん、そんなに激しくしたら……」

狂おしげに希美は肢体をくねらせた。昂ぶる彼女の感情に合わせ、いっきに締めつけが厳しくなる。

涼太だってすでに限界点を超えている。玉袋の裏側の肛門にかけての蟻《あり》の門渡《とわた》りの辺りがじぃんと痺れている。

「ひぃあっ、こんな格好なのに、こんなところなのに……。ヘンになるぅっ。イッ、イクッ、イッちゃうっ……！」

希美は緩やかに後頭部で束ねたポニーテールを揺さぶった。彼女の背筋がぎゅんと弓ぞりになり、感電したみたいにがくがくと震える。

「ぼくも……ぼくも……ああっ、でっ、射精《で》そうですっ、もっ、もうっ……」

「いいのよっ、思いっきり発射《だ》してよ。オマ×コの中を熱いのでいっぱいにしてえっ……」

希美の言葉に、制御が利かなくなる。

「ぐむぅっ、でっ、射精《で》ますぅっ。ああっ、がっ、がま……ん……！」

我慢できないという間もなく、深々と埋め込まれた肉柱の先端から白濁液がドクッ、ドクンッと噴きあがる。

辛抱《しんぼう》していたぶんだけ、迸る劣情の液体の量も半端ではない。まるで上下に振った炭酸水のボトルをうっかり開けてしまった時のような激しさでブッ、シュワーッと盛大に溢れだす。

「あっ、熱いっ、どうにかなっちゃうっ……。だめっ、またっ……イッちゃうーっ！　イキっぱなしになっちゃうっ……。火照《ほて》った身体に、ひんやりとしたドアが気持ちいい……。いいわぁ……。はあっ、なんだかクセになっちゃいそうっ……」

玄関のドアに身体を預けたまま、希美はうわ言のように繰り返した。

第三章　Eカップ妻との妊活メニュー

涼太が作り置きオカズのアルバイトをはじめてから、早くも一ケ月近くが経とうとしていた。職を失ったばかりなので、日払いのアルバイトがあるのは心強い。

それだけではない。アルバイトを提案してくれた彩季をきっかけに、その友人の柚実、さらに柚実が紹介してくれたママ友の希美も週一で契約をしてくれた。

はじめは次の職場が決まるまでのアルバイト程度のつもりでいたが、想像していたよりもハイペースで顧客が増えていく。なによりも嬉しいことは店舗とは違い、相手の喜ぶ顔が直接見えることだ。それにより、張り合いだって出てくる。

唯一、困惑することがあるとすれば、彩季だけではなく希美とも身体の関係を持ってしまったことだ。

もちろん、涼太のほうから言い寄ったわけではなく、年上の人妻たちから積極的に迫られる形でそうなってしまったのだ。関係を持って以来、彼女たちは当たり前のように身体の関係を求めてくる。

ときに艶っぽく、ときに甘えるように可愛らしく、年上の女は牡の心に身体に揺さぶりをかけてくる。それを頑なに拒むことは、童貞《チェリー》を卒業したばかりの涼太にとっては酷というものだ。

逆にいつしか彩季や希美の自宅を訪れる日を、指を折って数えるように心待ちにしていた。

万が一にもこんなことが明るみになったら、大変なことになってしまうことはわかりきっている。それなのに彩季や希美から熟れた肢体を見せつけられ、淫靡な言葉を囁かれると、それを振り払うことができなくなってしまうのだ。

さすがに焦りを覚えたこともあった。彩季とは幼馴染みだという柚実から、それとなくカマをかけられたときのことだ。口元をもごつかせ視線をぎこちなく泳がせたが、なんとか知らぬ存ぜぬで切り抜けることができた。

ひとつだけ安心できる点があるといえば、彼女たちが自ら涼太との関係を口外することはないだろうと思えることだ。

そんなことになって困るのは独り身の涼太よりも、家庭がある彼女たちに決まっていた。ましてや情事の現場は彼女たちが夫や娘と暮らす自宅なのだ。人妻たちが秘密めいた関係を吹聴するとは思えなかった。

今日は彩季の家を訪問することになっていた。涼太はSNSであらかじめ打ち合わせておいた食材を買い込み、彼女のマンションへと向かう。

チャイムを鳴らすと、彩季が満面の笑みで迎え入れてくれる。ただ、今日は少し様子が違っていた。玄関先には彩季が履くとは思えない、ヒールが七センチはある黒いパンプスが置かれていたのだ。

キッチンを備えたリビングの一角は、完全予約制のネイルサロンになっている。サロンといっても施術用のテーブルと材料や器具などを入れたストッカーが置かれ、テーブルを挟んで向かい合うように椅子が設置されているだけだ。

知らない人間から見れば、なにか趣味の工芸などをするスペースのように見えるかも知れない。サイドテーブルの上には、ポットに入ったお茶やカップも置かれていた。

「ああ、あなたが彩季さんが絶賛していたかたね。確か、涼太くんだったかしら？」

ネイルの施術用の椅子に腰をおろしていたのは、三十代後半ぐらいの女だった。女は明るいブラウンカラーの髪の毛を両サイドだけをわずかに残して後頭部でルーズに結いあげ、大きく胸元が開いたロング丈のワンピースを身にまとっていた。くるぶしまで隠れるようなワンピースがいかにも大人の女という感じだ。

切れ長の瞳をより強調するようなアイラインと、極上のワインを連想させるような深紅のルージュ。年下の涼太の姿をじっくりと観察するような眼差しに、知らず知らずに背筋がしゃんと伸びる気がした。

「お話は伺っているわ。作り置きのお料理をお願いできるのよね。実はわたしも興味があって、今日は見学がてらネイルをお願いしたのよ」

少しハスキーな声。獲物を虎視眈々《こしたんたん》と狙う牝豹のような視線が、牡の体躯にねっとりと絡みついてくるみたいだ。見るからに高級そうなファッションと物怖じしない口調には、有閑マダムという風情が漂っている。

「申し訳ありません。ネイルの施術中だったんですね」

想定外の人物の登場に、涼太は委縮するばかりだ。

「ごめんなさいね。涼太くんのことを話したら、ネイルスクール時代にお世話になった亜矢《あや》さんが是非見学したいって。亜矢さんはいまはフィットネスクラブを経営しているのよ」

「あっ、そうだったんですね。極力お邪魔にならないようにしますから」

買い物袋をぶらさげた涼太は深々と頭を垂れた。本音を言えば、来客がいるということは、いつものような彩季との甘やかな逢瀬《おうせ》は楽しめないということだ。

少しでも邪《よこしま》な期待を抱いていなかったといったら嘘になる。なんとなくお預けを喰ったような気持ちになってしまう。しかし、そんな態度はおくびにも出せはしない。

「涼太くんだったわよね。わたしは松本《まつもと》亜矢というんだけれど、覚えていないかしら？　以前に涼太くんが働いていたお店は何度となく利用しているよ。そうね、一年くらい前になるかしら。会社のスタッフの合同のお誕生日会のときに、お店を貸し切りにしてもらったこともあるのだけれど……」

亜矢の言いかたは、覚えていて当たり前だという感じだ。

「貸し切りですか？」

涼太は視線を斜め右上にあげながら記憶をたどった。言われてみれば、お祝い事をしたいからと店休日に店を開けて欲しいという依頼があったような気がする。

「ああ、あのときの……」

「覚えていてくれて嬉しいわ。あのお店の隠れ家的な雰囲気がとても好きだったから、閉店したと聞いたときはとても残念だったの。でも、あなたにお願いすれば、あのお店のお料理を味わうことができそうね」

亜矢は涼太のことを真《ま》っ直《す》ぐに見つめながら、艶然と笑ってみせた。彩季が丁重にもてなしているだけあって、どことなく逆らい難い風格さえ漂っている。

「ああ、ごめんなさいね。涼太くんのお仕事の邪魔をする気はないのよ。こちらのことには気を使わないで」

その言葉に涼太はもう一度深く頭をさげると、食材などを冷蔵庫にしまい込み、調理に取りかかった。ネイルの作業がひと息ついたところで、彩季が飲み物のお代わりの支度をするためにキッチンにやってくる。

「亜矢さんにはわたしを含めて、美容関係の後輩がたくさんいるの。気に入ってもらえれば、新規のお客さまを紹介してもらえるかも知れないわよ」

彩季は亜矢に聞こえないように、声を潜めた。亜矢は見るからにやり手という感じだ。料理を含めて気に入ってもらうことができれば、知り合いに顔繋ぎをしてくれるかも知れない。また手作りオカズだけではなく、小規模なパーティの準備などの際には、声をかけてくれるかも知れない。そう思うと、いつも以上に仕事にも熱が入ろうというものだ。

彩季から今日は少し見栄えがいい、美味しい煮魚が食べたいとリクエストされていた。ちょうど鮮度が売りの鮮魚店で、産地直送だという金目鯛を購入していた。切り身ではない一匹ものの金目鯛の煮付けは、海沿いの料理旅館などでもメイン料理として登場する映えるひと品だ。

キッチンでは涼太が調理をし、リビングの一角では彩季がネイルを念入りに施している。プライバシーが保てるように必要に応じて、パーティション代わりのカーテンで目隠しができるようになっている。

手の指のネイルが仕上がると、別の施術台の上に亜矢がワンピースの裾を少したくしあげ、片足を載せているのが見えた。お洒落は足元からと言うが、ファションに敏感な三十代後半のセレブは足の指先にも手を抜かないようだ。なんとなく女の秘密を盗み見ているような、複雑な気持ちになってしまう。

メインディッシュと副菜を十二品ほど作り終える頃に、ようやく足の指先のネイルも完成したようだ。

できあがった料理を詰めた保存容器をならべているところに、パーティション代わりのカーテンの向こう側で身支度を整えた亜矢がキッチンへとやってきた。

ネイルが完成したばかりの指先は、たっぷりと施したラインストーンや人工パールなどによってきらきらと輝きを放っている。凝ったデザインなのは一目瞭然だが、日常生活を送るのはなかなか大変そうだ。特に料理などはできそうもない。

「ふぅん、先日閉店したレストランっぽいお料理を想像していたのだけど、高級割烹や少しエスニックっぽい感じのものも作れるのね。特にこの煮魚なんて、まるで老舗の高級旅館みたいな感じだわ」

亜矢は感心したように呟くと、キッチンに備えつけてあった小さなスプーンを手に取ると金目鯛の煮汁を掬《すく》ってひと舐めした。あしらえにごぼうを添えた煮魚は、涼太にとっても自慢のひと品だ。

煮汁をじっくりと味わうと、亜矢は満足そうに頷くと彩季に向かって、

「これ、もらっていってもいいかしら？」

と尋ねた。尋ねるというよりもかなり強引な感じだ。ハスキーボイスで少しねっとりとした口調。彩季は少し驚いたような表情を浮かべたが、すぐに、

「もちろんです。煮魚だけでは寂しいでしょうから、それに合う副菜も一緒にお持ちくださいね」

と言うと、金目鯛の煮付けとともに旬の野菜を使った和風マリネなどの副菜も一緒に保冷バッグに入れた。

そのやりとりを、涼太は呆気にとられたように見つめていた。料理人の世界や体育会系の部活は縦社会だと言われているが、女の世界も似たようなものらしい。

「本当、嬉しいわ。涼太くんだったわよね。連絡先は彩季さんに教えてもらうから、

是非とも我が家にも作り置きオカズをお願いしたいわ。それに、うちのフィットネスジムの会員さんにも紹介してもいいかしら？　詳しいことはメッセージで送るわね」

保冷バッグを手にした亜矢は上機嫌だ。玄関先では彩季がコートを着せかけ、保冷バッグを恭《うやうや》しく手渡す。その姿にふたりの関係性が垣間見えるみたいだ。それだけではなく、彩季はマンションの廊下に出ると一階のエントランスまで送り届けた。

ほどなくして、彩季が戻ってくる。

「ああ、緊張しちゃったわ。三歳上だから亜矢さんは三十八歳なんだけど、ネイルやフィットネス関係だけじゃなくて、地元で名の知れた家の出だからいろいろと顔が広い人なのよ。あの人に可愛がられたら商売も上手くいくけれど、機嫌を損なうとちょっと厄介《やっかい》なことになるから……。わたしは可愛がられていて、本当によかったと思っているわ」

亜矢を送りだしたことで、彩季はすっかり安堵したようだ。

「彩季さんもいろいろと気苦労があるんですね」

「わたしは物件を借りているわけでもないから、自宅でマイペースでできるからまだ気楽なのよ」

彩季ははあーっと息を吐くと肩先を指先で押さえた。緊張がほどけたのが見てとれる。

「それよりも金目鯛の煮付けを持っていかれたのは、ちょっと残念でしたね。ぼくにとっても気合いを入れた自信作だったんですよ」

涼太は少し拗ねたように言った。彩季のリクエストに応えようと金目鯛を仕入れるために、わざわざ鮮魚店にも出向いたのだ。

「でも、また、作ってくれるんでしょう？」

「それはそうですけど……」

「だったら、またお楽しみが増えるってことじゃない。それよりも、今日のお楽しみは？」

彩季は小首をかしげながら、ぷるんとした唇を重ねてくる。

「先輩のネイルを施術して、疲れているんじゃないんですか？」

「もう、意地が悪いのね。それとこれとは別よ。むしろ、涼太くんのココで、身も心もじっくりと癒して欲しいくらいだわ」

上目遣いで両手の顔を見あげながら、彩季はコットン生地のパンツの上から牡の象徴的な部分を、手のひらでゆるゆると撫で回した。男というのは現金なものだ。その途端に、下半身がひゅくんと反応する。

「こんなに元気なら、たっぷりと楽しませてくれるのよね」

彩季はにんまりと笑うと、若々しい滾《たぎ》りを魅せる肉柱に指先をぎゅっと食い込ませた。

その翌日、煮魚を持ち帰った亜矢からＳＮＳ経由でメッセージが届いた。

「昨日はいきなりお料理をいただいてしまって、ごめんなさいね。だって、ものすごく美味しそうだったんだもの。ううん、すごく美味しくて感動したわ。昨日も言ったのだけど、是非とも作り置きオカズをお願いしたくて連絡をしたの。もちろん、涼太くんにも既存のお客さまは沢山いるだろうし、いろいろと都合があるのも理解しているから、週に一回くらいのペースでお願いできないかしら。ご無理をいうのだから、アルバイト代を奮発する心づもりもあるわ。考えていただけないかしら？」

亜矢からの依頼は、涼太にとっても願ったりかなったりというところだ。すでに彩季、柚実、希美と週一ペースで契約しているとはいえ、それだけでは心もとないというのが本音だ。

亜矢が口にしていたように、フィットネスジムの会員などを紹介してもらえれば、新たな顧客を獲得することができるかも知れない。

最近は夜がメインの居酒屋の店舗を、ランチ営業の時間帯だけ借りて営業している飲食店も増えている。また店舗を持たず、特定の飲食店などにも在席せずに依頼を受けて活動している料理人もいる。

上手くいけばフリーランスで働くことができるかも知れないし、顧客をがっちりと獲得できれば、先々は店舗を持って独立営業することだって夢ではないかも知れない。そう考えれば、亜矢を顧客にすることは夢への第一歩みたいに思える。

「ご連絡をいただき、誠にありがとうございます。お料理の内容を含めて、できる限りご要望にお応えできればと思います」

料理は手慣れたものだが、文章をまとめることは得意ではない。涼太は何度も文面を打ち直し、ようやく無難とも思える返信を送った。向こうからの返信は早かった。

「実は妊活を考えていて、それに沿ったメニューをお願いできればと思いますが、いかがですか？」

亜矢が三十八歳だということは聞いていたし、左手に輝いていた鈍い光を放つシンプルな指輪からも、既婚者だろうと察しはついていた。

しかし、二十五歳の涼太には妊活と言われてもピンとはこない。調理師の専門学校で栄養についても多少は履修をしているが、栄養士ほどの知識はない。

とりあえずネットなどで検索をしてみると、いまは妊活用のサプリなども多数市販されていることがわかった。

「メッセージを拝見しました。さしあたり、身体を温める食材や発酵食品を積極的に摂ることを考えてはいかがでしょうか？」

と返信した。書くことが苦手な涼太にとっては精一杯に考えた文面だ。曖昧《あいまい》に答えるのではなく、きちんと調べたことが功を奏したようだ。早速、亜矢から一番早く都合がつく日に、作り置きオカズをお願いしたいというメッセージが届いた。

メッセージが届いた日から最短で時間が取れるのは二日後だった。その間に何度かメッセージのやり取りを交わし、食べ物の好み、苦手な食材などはしっかりと把握《はあく》した。

食材の予算やアルバイト代も彩季たちの倍以上の額を提示された。涼太にとっては、まさに美味しい仕事になりそうだ。

普段利用しているマーケット以外の専門店などでも食材を買い込むと、涼太はメッセージに添えられていた住所を頼りに亜矢の自宅に向かった。彩季や希美たちが暮らす辺りとは、ひと駅ほど離れているそこは趣向を凝らした戸建てが並ぶ、見るからに高級な住宅街だった。

その中でも亜矢の自宅は、周囲の住宅とは一線を画す豪奢《ごうしゃ》な造りだった。塀によって内部のようすは外からはわからないようになっている。来訪者に威圧感を与える鉄製の門扉には、ホームセキュリティーを管理する会社のプレートが貼られていた。

ネームプレートの苗字を確認すると、インターホンを鳴らした。ほどなくして、

「お待ちしていたわ」

という亜矢の声が聞こえ、門扉のロックがガチャリと外れた。マンションのオートロックには慣れていても、少し勝手が違うので戸惑ってしまう。恐る恐るという感じで門の中に入る。

えっ、ここって……。

涼太は目を丸くした。外観からは想像もつかなかったが、敷地内には、南国を思わせるようなヤシの木や大ぶりなサボテンなどが無数に植えられていた。まるでリゾートホテルに来たみたいだ。

落ち着かない様子で玄関先まで進んでいくと、待ち構えていたようにドアが開き、生成《きな》りのブラウスと濃紺のロングスカート姿の亜矢が出迎えてくれた。

さらに度肝を抜かれたのは、壁一面がガラスになっていて前庭を見渡すことができ

る玄関だ。玄関の広さだけでも、実家暮らしの涼太の部屋がひと部屋どころか、ふた部屋ほど収まってしまう。

広々とした玄関だけを見ても、とても一般の家庭とは思えない。例えるならば、紹介者がいなければたどり着くことすらできない、完全会員制の高級なレストランのような感じだ。絵画や調度品などには疎い涼太でも、それらが高価なものだということがひと目で理解できる。

迷子になりそうな廊下を抜け、案内されたのは広々としたリビングだった。伝統的な日本家屋というよりも、ヨーロッパの香りが漂う造りだ。亜矢が、

「ときには人を招いて、ちょっとした集まりをすることもあるのよ」

と言うだけあって、キッチンは使い勝手がよさそうなアイランドタイプだ。

呆気にとられている時間はなかった。今回の妊活を考えているという亜矢のために、メインメニューは身体を温めるということで、参鶏湯《サムゲタン》を提案した。参鶏湯は高麗人参やなつめ、にんにく、生姜などの滋養のつく食材をたっぷりと使った料理だ。

丸鶏を使うので、下ごしらえを含めて手間も時間もかかる。念のためにと、涼太自身も同じ食材を前日に用意して、予行練習として一度作ってみた。

彩季からフィットネスジムを経営している亜矢は顔が広いことを聞いていたし、彼

女自身からも、

「ジムの会員さんにも紹介してもいいかしら？」

と尋ねられていた。顧客を獲得したい涼太にとって気合いが入らないはずがない。

丸鶏の下処理をし、具材を詰め込んで首と尻を閉じると煮込んでいく。その間に他の料理も作っていく。彩季や希美たちは興味津々というようすで、涼太の作業を見守っていたが亜矢はリビングに置かれたテーブルに向かって腰をおろし、パソコンの画面を食い入るように見つめていた。

ジムの経営者というだけあって、仕事に追われているみたいだ。パソコンなどの作業用なのだろうか。黒縁のシンプルな眼鏡をかけた横顔は、いかにも仕事ができる女という感じだ。

互いに作業に追われているので、必要最低限の確認以上の言葉のやり取りはない。それが涼太には逆に新鮮に思えた。

参鶏湯などの主菜と副菜を十二品ほど作り終え、保存容器に詰める頃に亜矢は、

「ちょうどキリがいいところだから」

とハーブティーを淹れてくれた。バタフライピーという青いハーブティはレモンを加えると、たちまちピンク色に変化する。アントシアニンなどが豊富ということで、

美容にこだわりを持つ女性の間で人気が高いらしい。

「この間の金目鯛の煮付け、本当に美味しかったわ。副菜も彩りがよくて、どれもいお味で主人と感心しながらいただいたの。もしかして、日本料理屋さんでも修業していたかしら？」

「修業というか、実は実家が料亭なんです。だから、物心がついた頃から職人さんにいろいろと教わっていたんです」

「そうだったの。道理でタダモノじゃないような気がしたのよ」

亜矢は感心したように言った。

「今日の参鶏湯も楽しみだわ。実はね……」

「えっ……？」

「結婚して二年になるんだけど、新婚の頃に早く子供が欲しくてたまらなくて、スッポンとか鰻とか牡蠣の専門店に立て続けに予約を入れていたら、主人に思いっきり引かれてしまったことがあったのよ」

亜矢は少し照れたように笑ってみせた。

「いやあ、美味しそうですけれど、いろいろな意味でちょっと強そうですよね」

「そうなのよ。それ以来、主人ったら腰が引け気味なのよ」

「うーん、男というのは、女性が思う以上にプレッシャーに弱いんですよ」

「そうね、わたしも少し焦りすぎていたみたい。だから、今回みたいなお料理がいいと思うの。アッチよりも身体のことを気遣ってるって感じでしょう」

アッチというぼかした言い回しに、思わずどきりとしてしまう。彩季の自宅ではじめて会ったときよりも、色味の薄いルージュがやけに色っぽく思える。今日の亜矢は極めてナチュラルメイクだ。それだけに、もともとの顔立ちが整っているのがわかる。

「いろいろとお忙しいのに、本当にありがとう。ジムを経営していると、運動だけではなかなか厳しいお客さまもいるから、ダイエット用のメニューとして是非とも紹介したいんだけどどうかしら？　メニューや食材については専属の栄養士もいるから、心配はいらないと思うんだけど」

「あっ、それは助かります。まだまだ生活をするにはちょっと厳しくて……」

思わず、本音がぽろりと出てしまう。

「そうよね、作り置きオカズだってはじめたばかりだと聞いていたわ。実際のところ、いまはどれくらいのお客さまがいるのかしら？」

「恥ずかしい話ですが、いまのところは三軒のお宅を回らせてもらっています」

「それじゃあ、まだまだ大変よね。例えば、一軒のお宅の滞在時間を三時間から四時間程度だと考えれば、午前と午後に大きくわけて二軒回れるでしょう。さすがに休みなしというのは無理だし、お客さまも土日はゆっくりしたいと思うの。だから、月曜日から金曜日までに十軒くらい回れたら、それなりにビジネスとして成り立つと思うんだけど」

「週に十軒のペースですか？」

「既存のお客さまが三軒、我が家を加えたら四軒になるわよね。あと、六軒くらいならば、うちのクラブのお客さまを紹介できると思うのだけど。うちとしても食事の管理をできるのは、とてもメリットが大きいのよ。もちろん、既存のお客さまを優先してもらって構わないし、その他のお客さまのスケジュールについてはこちらで調整するわ」

「ほっ、本当ですか？」

「ええ、お互いにいい関係を築けたらいいわよね」

そう言うと、亜矢は右手をすっと差し出した。涼太はその手を思わず両手で摑んでしまったが、彼女は慌てることなく手の甲にそっと手のひらを重ねた。その手の温もりと微動だにしない態度に、大人の女の余裕を感じてしまう。

参鶏湯をしっかりと煮込む間に、その他の料理も仕上げて亜矢の自宅を出たのは、外がうっすらと暗くなりかけた頃だった。

亜矢からメッセージが届いたのは、その翌日だった。メッセージには、

「美味しいお料理を本当にありがとう。スッポンや鰻とかには引いていた主人も喜んでいたわ。それでお願いがあるんだけど。三日後はわたしの会社の設立記念日なの。平日だから、その日は主人とふたりでお祝いをしようと思って。もちろん、社の内外のかたを招いて、改めてお祝いの席を設けるから、そのときにも手伝ってもらいたいのだけれど……」

と書かれていた。

宴席での料理を頼まれるというのは、料理人にとって名誉なことだ。ましてや、まだまだ顔も名前も知られていない涼太にとっては絶好のチャンスだ。

新たな顧客を獲得できるかも知れない。涼太には断る理由などなかった。幸いなことに、彩季や希美から依頼されている日とも被っていなかった。

次に亜矢の自宅を訪れたのは三日後だった。夫とふたりっきりで会社の設立記念の祝いをしたいと頼まれたので、祝いの席に相応しいメニューを提案した。

外出しているという夫の帰宅時間から逆算して、作業にとりかかる。特別な日とあ

ってか、玄関やリビングなどには明るい色調の豪華な生花も活《い》けられている。

洒落たポールハンガーにかけられていたのは、明るいレモンイエローのワンピースだった。きっと、今夜のディナーのために新調したものなのだろう。

「メールでお伝えしましたが、今回はメインを穴子のしゃぶしゃぶにしてみようと思います」

「穴子っていうとお寿司とか蒸すイメージだけど、しゃぶしゃぶにもできるのね」

「変化球的に思われるかも知れませんが、これが名物になっているお店もあるし、アナゴはしゃぶしゃぶに限るなんていうほど、熱烈なファンもいる料理なんですよ」

いつもはリビングのテーブルでパソコンに向かっているはずの亜矢が、珍しそうにキッチンでの作業のようすをのぞきに来る。今日の亜矢はピンストライプのロング丈のシャツワンピースを着ていた。足には薄手の黒いサポートタイプのストッキングを穿《は》いている。

男物のワイシャツを妙齢の女がパジャマや部屋着代わりに身に着けると、妙に色っぽく見えるがそれに近い印象だ。フレア状にふわりと広がったワンピースの裾からは、肉感的なふくらはぎが伸びている。襟元のふたつ外したボタンの合わせ目からは、胸元のふくらみをわずかに垣間見ることができた。

いつもは後頭部でまとめている髪の毛は、緩やかなカールを描きながら肩甲骨の辺りまで垂らしていた。その肢体からは、ほのかだが薔薇を思わせる香りが漂っている。料理人としては香水などの匂いはずっと邪魔だと思っていたが、彩季と関係を持って以来、女体から漂う香りに心惹《こころひ》かれるようになっていた。

女によって変わる芳香が、その個性を表しているみたいだ。大輪の薔薇のような華やかさを漂わせる香りは、目鼻立ちがはっきりとした亜矢に相応しく思える。

条件反射とでも言えばいいのだろうか。女としての魅力を主張するような香りを感じると、異性として意識してしまうようになっていた。

彩季や希美ならば、さり気なく身体をすり寄せ涼太を挑発するだろう。思い返せば、いままでは年上の人妻から積極的に迫られる形で関係を持っていた。

親しげに振る舞いながらも、亜矢は凛としていて隙を見せない。年下の涼太にとっては近づきがたいというか、完全に高嶺の花だ。そんなところが、逆に牡としての妄想をかき立てる。

だが、亜矢は今後のことを考えればけっして機嫌を損ねてはいけない客だ。それはわかりきったことだった。

まずはしゃぶしゃぶ鍋用の出汁《だし》を取り、前菜を彩りよく仕上げていく。鍋用の野菜類も準備し、〆の雑炊セットや水菓子まで用意を済ませておく。

いよいよ丁寧に下処理をした穴子の身に細かく包丁を入れていく。例えるならば、鱧《はも》の骨切りのような感じだ。料理店のように給仕がいるわけではないので、極力亜矢の負担が少なく済むようにも考えていた。

予定では後小一時間ほどで夫が帰宅することになっていた。

プルルッ……。亜矢のスマホの着信音が鳴った。待ちわびていたとばかりに電話を受けた亜矢の顔つきが、見る見るうちに変わっていくのがわかる。聞いてはいけないとは思いながらも、ついつい耳をそばだててしまう。

「わかったわ。あなたにとっては、わたしとの記念日よりも先輩との付き合いを取るっていうことね」

亜矢の物言いがキツくなる。いままで涼太が接していたいつも柔和な笑顔を浮かべる彼女とはまるで別人のような口調に、その怒り具合が伝わってくるみたいだ。

電話を切ると、亜矢は苛立ったようにスマホをテーブルの上に少し乱暴に置いた。

「呆れちゃうわ。郊外に住んでいる先輩との打ち合わせがあるって言っていたんだけれど、その流れで飲みに連れて行かれるっていうのよ。車で二時間以上かかる場所に出かけているんだから、どうせ飲まさせて帰れなくなるに決まってるわ」

亜矢は整った口元をわずかに歪めた。作り置きオカズと違って、今夜の料理は祝宴のために作ったものだ。それを考えると、涼太も頭を抱えたくなる。しかし、そこはプロの料理人としての意地もある。せっかくこしらえたものを無駄にはしたくない。

「大丈夫ですよ。しゃぶしゃぶ用の穴子だって、ご希望ならば蒸し料理に変更することだってできますから」

涼太は亜矢の気持ちを宥《なだ》める言葉を必死で並べた。

「なんだか、急に気が抜けちゃったわ。わたしはフィットネス系で、主人はコンサル系なのよ。仕事の分野が違うから、変にアドバイス合戦にならないのがいいと思っていたんだけれど、主人は人がイイっていうのか、人付き合いがよすぎるのよ。ねえ、涼太くんさえよければ、少しだけ付き合ってくれないかしら？」

涼太に答える間も与えないように、亜矢はリビングに設置されていた大型のワインクーラーから赤ワインを取りだすと、革張りのソファに身を預けるように座り込んだ。テーブルの上の小物入れには、ソムリエナイフも置かれている。

すでに前菜などはできあがっていたが、これはあくまでも夫婦の祝いのための料理だ。

「ワインを飲むのならば、なにか召しあがらないと……」

涼太はやるせない表情を浮かべる亜矢に問いかけた。

「冷蔵庫の中には、生ハムとかチーズとか入っていると思うけど」

亜矢は寂しそうに答えた。きっと今日の記念日を楽しみにしていたのだろう。それだけに、落胆ぶりが伝わってくる。

空きっ腹でワインを飲んだら、身体によくないことはわかっている。涼太は冷蔵庫の中にあった生ハムやチーズ、テリーヌなどを体裁よく盛り付けた。食器棚の中から赤ワイン用のやや大ぶりのグラスも二脚取りだす。

「ねえ、ワインの栓を開けて……」

涼太が遠慮がちにソファに腰をおろすと、亜矢が甘えた声でせがむ。ふたりの距離は三十センチほどだ。料理人とはいえソムリエではない。慣れない手つきでソムリエナイフを扱い、コルクを引き抜く。ソムリエの作法に倣《なら》って、亜矢の前に置いたグラスに赤ワインを試飲程度に注いだ。

「ねえ、飲ませて……」

亜矢の口から切なげな言葉がこぼれる。それがどういう意味なのか、まだまだ女心に鈍い涼太には即座には理解できない。グラスを持って、亜矢の口元に寄せればいいのか……。

「もう、わからないの。飲ませて欲しいのよ……」

戸惑う涼太の態度に少し呆れたように、亜矢はゆっくりとまぶたを閉じ、白い歯がかすかにのぞく唇を突きだした。うすいまぶた越しに、かすかに黒目が左右に動くのが伝わる。

まるで、揺れ動く亜矢の胸の内を表しているみたいだ。パールベージュのアイシャドウで彩られたまぶたに、涼太の胸の鼓動が速くなる。

えっ、これって……？

疑う余地はなかった。緊張感に喉がひりひりとした渇きを覚える。涼太は亜矢の前に置いたグラスを摑むと、ピジョンブラッドの液体を口に含み、ゆっくりと彼女の唇に重ねた。

少しずつ唇を開きながら、やや渋みのある濃厚な赤ワインを少しずつ亜矢の口元に流し込んでいく。

「んっ、ああーんっ……」

あだっぽい声を洩らしながら、亜矢は注ぎ込まれた赤ワインを喉を鳴らしながら飲み込んだ。

「だって、あの人が悪いんだから……」

亜矢の言い訳めいた言葉が、涼太の心身を熱くさせる。亜矢がこれだけお膳立てを整えたのに、先輩との約束を優先するのであれば、それは夫が悪いに決まっている。そんなふうに思えてしまう。

喉に流し込んだ赤ワインがじんわりと身体を火照《ほて》らせ、罪悪感に蓋をするみたいだ。涼太はコルクを抜いたワインを、テーブルの上のグラスにゆっくりと注ぎ込んだ。亜矢も血のように赤い液体を口にくっと含むと、涼太の口元に唇を重ねてきた。

フルボディのワインの風味が漂うキスは、完熟した女という感じだ。涼太はわずかに目を開き、亜矢の表情をうかがい見た。年下の男の唇にワインを注ぐ彼女はうっすらと頬を紅潮させている。それはワインのせいだけには思えない。

亜矢の舌先がゆっくりと潜り込んでくる。涼太はそれを真っ向から受けとめ、ねっとりと絡みつかせた。右へ左へとわざと不規則に舌先を操ると、彼女の息遣いが乱れていく。

「はぁっ、涼太くんって意外と……」

亜矢が悩ましい吐息を洩らす。

「意外と……なんです？」

「……いっ、意外とこういうことに慣れているのかなって……」

「まさか。亜矢さんが色っぽすぎるから、興奮してどうかなりそうですよ」

それは嘘偽りのない言葉だった。彼女の耳元で囁くと、涼太は亜矢の胸元を鷲掴みにした。

ときにはキャリアウーマンっぽく、ときには人妻っぽいファッションに覆い隠されていた女らしさを宿すふくらみに何度となく羨望の眼差しを投げかけたことだろう。小顔でスレンダーなのに、乳房や熟れた尻はボリューム感に溢れている。蠱惑的なふくらみに指先を食い込ませると、巨大なメロンパンのようにもっちりと押し返してくる。

「そっ、そんなふうにされたら欲しくなっちゃうっ……。ダメなの、生理の前は欲しくなっちゃうの……」

亜矢は切なげに髪を揺さぶると、女の秘密を小声で打ち明けた。

「ねえ、涼太くんって血液型は何型なの？」

「えっ、A型ですけど……」

「んふっ、そんな感じ。うちの主人と同じなのね。主人が頑張ってくれないなら、涼太くんに頑張って種つけしてもらおうかしら？」

「いっ、いや……そんなこと……」

思いもよらぬ亜矢の言葉に、涼太は言葉を失った。妊活に励む亜矢にとっては軽いジョークだとしても、二十代半ばの涼太にはハードすぎる。

「冗談よ。ただ昔から好きになるのは、なぜかA型の男性が多いみたいなの……」

亜矢は少し媚《こ》びるような笑みを浮かべた。ラインストーンが煌《きら》めく指先が、彼女の胸元を留めるボタンへと伸びる。見てはいけないと思っても、その指先から視線を逸《そ》らすことができない。

欲望と理性が鬩《せめ》ぎ合う若牡の胸中を弄《もてあそ》ぶように、艶やかな指先がワンピースのボタンを外していく。まるで男の猛りを焦らすような、もどかしいほどのスローなテンポだ。

第三ボタンが外れたところで、総レース地のピンクベージュのブラジャーが現れ、第四ボタンが外れたところで、カップに包まれた乳房が露わになる。レース生地のブラジャーから、白い素肌が透けて見えるさまが無性にエロティックだ。

フィットネスジムを経営しているだけに、衣服からチラ見えする手足はほどよく引き締まっているのに、女らしさを主張する熟れた美乳やヒップラインは女らしい優美な曲線を描いている。ひと回り以上年上とは思えない、メリハリを感じるボディラインに視線が釘づけになってしまう。

ソファに腰をおろしたまま、亜矢はロング丈のシャツワンピースの前合わせのボタンをすべて外すと両の袖から腕を引き抜いた。下腹部を隠しているのは、ブラジャーとお揃いのレース生地のピンクベージュのショーツだ。

それだけではなかった。パンティストッキングを穿いていると思っていたが、太腿やふくらはぎを包んでいたのは、太腿の真ん中辺りでレースによって留まるタイプの黒いガーターストッキングだった。グラビアなどでは見たことはあったが、ガーターストッキングを目の当《ま》《あ》たりにしたのははじめてだ。

「いまは妊活中だから、無茶な食事制限はしていないのよ。だから、ちょっとお肉がついているから恥ずかしいわ」

亜矢はウエストの辺りを隠すような素振りをした。しかし、無駄な肉がついているようには思えない。むしろ彫刻や絵画のような優美な曲線を求める涼太にとって、腹周りがシックスパックに割れていたら興ざめしてしまう。

鑑賞《かんしょう》用《よう》の女体と手を触れてみたい、抱いてみたいと思う肢体は明らかに違っていた。

「ねえ、涼太くんも脱いで……」

ただでさえ、ハスキーな亜矢の声がうわずる。そんな声を聞いたら、エプロンで覆い隠している下半身が反応してしまう。

「脱げないんだったら、脱がしてあげましょうか？」

亜矢はわずかに尻をあげ、前合わせがすべてはだけたワンピースをソファの座面にふわりと載せた。ランジェリー姿で立ちあがると、ソファに腰をおろした涼太の前に両膝をついた。ネイルで彩られた両の指先が、涼太の下腹部を覆う衣服に伸びてくる。

太い客になってくれるかもとか、新規の客を紹介してくれるかもとかいう下賤《げせん》な気持ちはすでにどこかへ弾《はじ》け飛んでいた。いまはただ、亜矢の肢体を味わいたいという劣情だけが若牡の心身を支配していた。

涼太は背中に両手を回し、自らエプロンを外した。ワイシャツに包まれた胸をときめかせながら、彼女の指先によるチノパンツの引きおろしを待ちわびる。

三十代後半の亜矢は牡の身体をよく知っているらしい。手際よくベルトを外し、張り詰めたファスナーを押さえつけながら引きおろすと、テントを張ったトランクスの前合わせから欲望を漲らせたものをずるっと引きずりだした。

「こんなに硬くしちゃって……」

亜矢はうっすらと色づいていた頬の色をいっそう濃くすると、露わになった肉欲の柱にぎゅっと指先を食い込ませる。

「あっ……」

蟻の門渡りの辺りからじりじりと押し寄せる淫らな期待に、うわずった声が洩れてしまう。

「もしかしてなに食わぬ顔をして、ずっと我慢していたんじゃないの？」

ひと回り以上年上の人妻は、涼太が懸命に隠そうとしていた感情をあっさりと言い当てた。食い入るような視線に、剝きだしになったペニスがびゅくびゅくと頷いてしまう。

「もしかして、結構溜まってるの？」

亜矢は興味津々というようすで、視線をねちっこく絡みつかせてくる。

「そっ、それは……」

涼太が曖昧に答えた。彩季や希美と関係を持って以来、彼女たちの自宅を訪ねるたびにミルクタンクが空っぽになるほど搾り取られていた。

それまでは就寝前の日課のようになっていた、自分が一番感じる部分を熟知している指先によるオナニーさえする気にさえならないほどだ。だが、そんなことを打ち明けられるはずがない。

亜矢は年下の牡を挑発するようにピンクベージュのブラジャーの背中に両手を回し、後ろホックを外した。見るからに柔らかそうな乳房がまろび出る。

地球の重力を感じる釣鐘型の乳房はEカップはありそうだ。その山頂は色づききらない赤ブドウのような色合いだ。性的な昂ぶりによってやや粒だった乳輪がきゅっと収縮し、美味しそうな果実を連想させる乳首が突き出している。乳暈《にゅううん》よりも乳首の表面だけがわずかに色味が淡いのが妙に生々しく思えてしまう。

亜矢は美味しそうでしょうと見せびらかすみたいに、完熟した乳房がたぷんたぷんと重たげに上下に弾む肢体をなよやかにくねらせた。

もう止まらない。彼女の身体を押し倒し、見るからに柔らかそうな乳房にむしゃぶりつきたい。涼太は目を見開いてくぐもった声をあげた。

その瞬間、トランクスのフロント部分から半ば強引に引きずりだされ、淫らな涎《よだれ》を垂れ流しながら宙を仰ぐペニスに、亜矢が喰らいついてきた。

「あっ、うあっ……」

色っぽい声をあげたのは涼太だった。完全に勃起した牡茎がトランクスの前合わせから飛びだしているのは、全裸よりもはるかにいかがわしく思えた。ましてや、妙齢の人妻が頬をふくらませながら食らいついている。

ぎちぎちになった淫茎は、ますます硬くなるいっぽうだ。その肉柱を嬉しそうに舐めしゃぶっているのは、日頃ははしたない雰囲気など微塵《みじん》も漂わせないキャリアウーマン然とした亜矢なのだ。

ルージュで彩られた口元が蠢くたびに、鈴口から潤みの強い牡汁が噴きだしてくる。彼女はわざと音を立てるように、先走りの液体をずずぅっとすすりあげた。

「若い子って、やっぱり硬いのね」

亜矢の唇から感嘆の吐息が洩れ、さらに舌全体を使って亀頭をゆるゆると舐め回す。濡れたような艶を放つペニスを舌先がれろりと這うたびに、涼太は目元を歪《ゆが》めて快美の声を洩らす。

「いいわあ、男の人が感じてる顔を見るのって大好きなの。ねえ、もっともっと感じたいでしょう。だったら、わたしのこともたっぷりと悦ばせてくれるかしら」

年上の人妻は淫らな行為に没頭しているときもしたたかで、さり気なく交換条件を出してくる。亜矢はいいでしょうと念を押す代わりに、トランクスに包まれていた淫嚢を指先でそっと悪戯した。

ふたつの睾丸の間に指先をやんわりと食い込ませたかと思えば、それをすり合わせるようにソフトなタッチで撫で転がす。新鮮な快美感が、トランクスの中いっぱいにじわじわと広がっていくみたいだ。その間もペニスを舐める舌先の動きをとめようとはしない。

「あっ、くううっ……そんな気持ちよすぎます……」

「まだまだよ、もっともっと思いっきり感じさせてあげる」

鼓膜が甘く痺れるような言葉を囁くと、亜矢はチノパンツとトランクスをひとまとめにして握り締めた。まだまだ経験豊富とは言い難い涼太にも、彼女がなにをしようとしているのかくらいは察しがつく。

快感に蕩けそうで力が入らない足元を踏ん張って、わずかに尻をあげた瞬間を狙うように、亜矢が下腹部を覆う衣服を少し荒っぽく引きずりおろした。

涼太の下半身から衣服を奪い取ると、亜矢は見せびらかすように乳房の谷間を強調するように乳房を両脇から支え持った。やや下乳が重たそうな三十代後半の乳房を見ているだけで、ペニスが物欲しげに上下に跳ねあがる。

「ねえ、こういうのは……？」

目元をわずかに細めると、亜矢は膝立ちになるとゆっくりと前傾姿勢になった。覆い隠すものがない反り返ったペニス目がけて、乳房の谷間が迫ってくる。

「もっと浅めに腰をかけて……」

言われるままにソファに座り直した途端、牡汁と唾液まみれのペニスが乳房のあわいにすっぽりと包み込まれる。口唇愛撫とはまったく違う、優しく包み込まれる感覚。

「んあつ、気持ちいいですっ……」

涼太は喉元をのけ反らせると、悩乱の声を迸らせた。

「でもね、お楽しみはこれからなのよ」

年下の男の心を、身体を燃えあがらせるような言葉を口にしながら亜矢は口角をあげて笑ってみせる。自分の身体や淫戯によって、男が身悶えるさまが楽しくて、かつ嬉しくてたまらないという表情だ。

Ｅカップの胸の谷間にしっかりとペニスを挟み込むと、亜矢は両の手のひらを使ってやわやわと揉《も》みしだいた。先走りの液体や唾液に濡れまみれているので、むぎゅっと揉まれるたびに、乳房の上でわずかにうわすべりする。ぬるぬる、もちもちとした乳房で包まれ、こすりあげられる感触がたまらない。

「ここも美味しそうよね。こんなにスケベなお汁を溢れさせて……」

言うなり、亜矢は乳房の谷間からはみ出した亀頭を、舌先ででろりと舐めあげた。パイズリをされながらのフェラチオ。アダルトビデオや成人向けの漫画では何度も目にしたシーンだが、体感するのははじめてだ。

あまりにも卑猥すぎるテクニックに、涼太は胸を喘がせるばかりだ。彩季や希美たちによってミルクタンクの中は空っぽにされているはずなのに、淫嚢がせりあがるような快感が湧きあがってくる。

さらにパイズリをしたまま、亀頭をじゅっぽりと口の中に含み、舌先をねちっこく絡みつかせてくる。人妻の蜜技に、涼太は胸を喘がせるばかりだ。

「涼太くんって感じやすいのね。嬉しくなっちゃうわ。じゃあ、こんなことをされたらどうなっちゃうのかしら？」

亜矢は悪戯を企てるみたいな表情を浮かべた。いまだって肉の柔らかい内腿に短く電流が走っている。これ以上、破廉恥な技を繰り出されたらどうなってしまうかわからない。それなのに、まだ知らない快感を知りたいような欲望が込みあげてくる。

「だったら、シックスナインの格好になりましょうか」

くふっと笑ってみせると、亜矢はソファの上に載せていたロング丈のワンピースをシーツ代わりに敷いた。本革製のソファに淫らな痕跡を残さないための気遣いらしい。

言われるままに涼太が下になった格好で、シックスナインのポーズを取る。亜矢は黒いストッキングは着けたまま、ショーツだけを脱ぎ、涼太の顔の上に跨ってきた。

女丘の上は両サイドに手を入れて、やや長方形に整えているが、大淫唇やセピアがかった菊座の辺りは丁寧に処理をしていて無毛状態だった。やや赤みの強いピンク色の大淫唇からラビアが舌先をはみ出している。

「オチ×チンをたっぷりとしゃぶってあげるから、涼太くんにもいっぱい可愛がって欲しいの。オマ×コにお指を挿れられてかき回されながら、オマメを指先で弄《いじ》られたり、舐められると感じちゃうの……」

亜矢のおねだりは実に具体的だ。涼太の目の前で息づく花びらはわずかに綻びている。右手の人差し指でそっとなぞりあげただけで、花弁が開き甘酸っぱい牝蜜がとろとろと滴り落ちてくる。

下半身には触れてさえいないはずなのに、こんなにも愛液を滲ませていることに正直驚いてしまう。同時に、亜矢の女としての渇きが伝わってくる。涼太は舌先をぐんっと伸ばすと、芳《かぐわ》しい香りを放つ牝蜜をずずっと音を立てながら吸いしゃぶると同時に、興奮に充血して赤みを増した花びらや牝核をゆっくりと舐め回した。

「ひっ、ああっ、そっ、そこ……弱いのよっ。感じちゃうっ……んんっ、オツユが溢れてきちゃうっ……」

亜矢は切なげに丸い尻を揺さぶった。太腿の付け根の辺りから漂う牝の匂いが甘さと酸味を増す。それは牡を魅了してやまない芳醇な香りだ。

彼女は蜜壺に指を挿れてかき回して欲しいと言っていた。涼太は花びらを撫でて潤みの強い愛液を指先に塗りまぶすと、ゆっくりと差し入れた。うるうるとした肉襞が指先にまとわりついてくる。

「そっ、そうよ。少し乱暴なくらいにじゅごじゅごとかき回して。お腹側を押しあげるようにぐりぐりされると、頭がヘンになるくらいに感じちゃうのっ……。それに、もっともっと奥をずんずん刺激されるのも大好きなのっ……」

亜矢は背筋をしならせながら、淫らなリクエストを口走る。快感のあまり、涼太のペニスを舐め回すことさえ忘れているみたいだ。

ソファに両膝をついた彼女の太腿の内側が、身体の奥深い部分から込みあげる歓喜を表すみたいに小さく震えている。

涼太は指先に神経を集中させると、亜矢が口にした押しあげるようにぐりぐりされたいと言った腹側の部分を探った。経験は少ないがビデオなどで知識だけは無駄にある。それはきっとGスポットのことだろうと察しがついた。

さらに彼女がねだるさらなる奥の部分へと指先を伸ばす。他の男と比べても指先は長いほうだ。思いっきり突き入れると、指先がクチバシのような子宮口にぶつかった。

頼りになるのは彼女の反応だけだ。じっくりと右手の人差し指の先でGスポットや子宮口を刺激しながら、左手で鬱血してふくらんだ女核を軽く刺激する。

さらにデリケートな女核を保護するような薄い肉膜をそっとめくりあげ、赤みの強い小さな珊瑚玉《さんごだま》に舌先を丹念に這わせると、亜矢の声が甘さを増す。

「ああっ、すごくいいわっ、上手よぉ……」

亜矢は切ない声を洩らした。泣き声にも似たよがり声をあげる彼女を見ていると、なんとなく羨ましいような気持ちになってしまう。交換条件を口にした亜矢の口調が脳裏に蘇ってくる。

年上の女からいいようにされるだけでは、男として情けないような気持ちにもなろうかというものだ。涼太は蜜壺に指先を挿れたまま、その動きをとめた。

「さっき、オチ×チンをたっぷりしゃぶってくれるって言っていましたよね」

「いやあんっ、嘘でしょうっ、涼太くんって意外と意地が悪いのね」

「だって、交換条件を出したのは亜矢さんのほうですよ」

我ながら少し驚いてしまうほど冷静な駆け引きの言葉を口にできたことに、一番驚いたのは涼太自身だった。彩季や希美との関係によって、多少なりとも男としての自信がつきはじめていたのかも知れない。

「はあっ、もう少しでイッちゃいそうだったのにぃ……。そうね、約束だったものね」

亜矢は未練がましい声を洩らすと、ゆっくりと深呼吸を繰り返した。前のめりになり、逆ハート型の尻を高々と突きだした彼女の乳房がふるふると弾む。

呼吸を整えた亜矢が改めてペニスに喰らいついてくる。亀頭や肉幹に生温かくぬるついた口内粘膜や舌先がまとわりついてきた。何度味わってもフェラチオで得られる快感は筆舌にし難い。思わず、くぐもった声が洩れてしまう。

えっ……。

涼太はソファについた尻の肉がびゅくっと震えるのを覚えた。これ以上はとても咥えられないと思えるほどに深々と、亜矢はペニスを飲み込んでいる。

膣内《なか》に挿入したときだってそうだ。がつんと勢いをつけて突き立てると、まるでクチバシのような少し硬い子宮口にぶち当たる。それが行き止まりの合図《サイン》だ。

亜矢が咥え込んだ亀頭の先端が、喉の奥にぶつかるのがわかる。どう考えたって、それ以上は深く入るはずがない。

自身の身体で考えたって、口蓋垂《こうがいすい》という部分がある。いわゆる喉チ×コと呼ばれる場所で、なにかの弾みでそこにものが引っかかれば、げほげほと咽《む》せてしまう部分だ。

しかし、彼女はペニスを解放しようとはしなかった。大きく息を吸い、ゆっくりと吐き洩らす。それを繰り返すに伴い、行き止まりになっていたはずの喉の奥が、ほんの少しずつ広がっていくみたいだ。

「えっ、うそだっ……こんなのっ……」

涼太は短い喘ぎ声を洩らした。どん詰まりになっていたはずの喉の奥が数ミリ単位で開き、亀頭を迎え入れていく。まるでみちっ、みちっと鈍い音を立てるような不思議な感覚を身体の奥深いところで感じる。いわゆるディープスロートだ。

それは彼の知っているどんな感覚とも違っていた。手のひらでキツく握り締められ、荒っぽいタッチでしごかれるのとも違うし、口内粘膜や舌先をべっとりと張りつけるフェラチオとも違う。

本来ならば入らない、入れてはイケない部分に無理やり押し込むような、禁忌を伴った感覚とでも言えばいいのだろうか。イケないことをしているという感覚が悦びを盛り立てる。

「きっ、きついっ……。これは……ヤバすぎますっ……」

本来ならばペニスを受け入れるような場所ではないのだ。その締めつけは中途半端なものではなかった。このままでは、亜矢の喉の奥深くに暴発してしまいそうだ。

亜矢は声を出すことはできない。その代わりに、涼太のギブアップのサインを受けとめたかのように、快感にヒクつく臀部を軽く叩《はた》いた。

ずっ、ずりゅり……。

亜矢の喉の奥深くに埋め込んでいたペニスを引き抜くと、涼太はぜえはあと胸板を震わせた。もう少し遅ければ、亜矢の口蓋垂の奥深くに青臭い樹液を乱射してしまったに違いない。

「ねえ、もういいでしょう。早く欲しくてたまらないの……。オチ×チンを挿れて欲しくてたまらないのよ……」

ディープスロートによって、ただでさえハスキーな亜矢の声はさらに掠れていた。室内には欲情に溺れる男女の口元からこぼれた甘ったるい呼吸が降り積もっている。

早くとせがむように、亜矢の手が宙をかき抱く。シックスナインの体勢だった涼太は百八十度向き直ると、正常位の体勢で彼女の太腿の裏側を支え持ち、すっかり満開になった花びらの中心部に亀頭を押し当てた。

指先や舌先での愛撫によって、亜矢の蜜唇はすっかり蕩けきっている。

ずりゅ、ずぷりっ……

雁首《かりくび》を張り詰めた男根を軽く押しつけただけで、欲張りになっている亜矢の女淫はペニスをやすやすと飲み込んでいく。

「はあーんっ、お預けが長すぎて……身体中がヘンになっちゃってるみたいっ」

まるで逃さないというみたいに、亜矢は涼太の腰の辺りに両足をがっちりと絡みつかせてくる。

「ぼくだって、同じですよ。あんなのは……あんなのは、反則ですよっ……」

涼太は腰を沈めながら、亜矢の耳元で囁いた。内なる昂ぶりによって体温が上昇しているだろうか。彼女の肢体から漂う薔薇の香りがいっそう強く感じる。

「いいわっ、すごく感じちゃうっ。さっきのでわかったでしょう。わたしが感じる場所っ……。オマメもいいけれど、オマ×コの奥のほうが感じちゃうのよっ……」

亜矢は夢中という様子で、涼太の首に手を回し、唇を重ねてきた。ふたりは舌先を絡め合い、腰をぶつけ合う。

そのたびに、舌先を絡ませる口元から、淫猥すぎる粘液を滲ませる男女の結合部から湿っぽい音が響く。

「んーんっ、気持ちがよすぎて、頭が真っ白になりそうだわっ……ねえ、もっと、もっとよ。思いっきり動いて……」

亜矢は自ら涼太の腰に両足を巻きつけ、ペニスを抜き差しするタイミングに合わせるように腰をぐりんぐりんと振り動かす。熟れきった女の欲深さを表すような腰の使いかただ。

「そんなに激しく腰を振られたら、もっ、持たないですって……」

彩季たちによって空っぽにされているはずの淫嚢が、体内に引きずり込まれるように表面が波打つ。それは間違いなく射精が近づいている証しだ。

「だっ、だって、気持ちがよすぎてお尻の動きが止まらなくなっちゃってるのよっ」

言い訳めいた言葉を亜矢が口にしたときだった。

プルルッ、プルルッ……。ソファの前のテーブルの上に置いたスマホが着信音を鳴り響かせた。夜の十時に近い時間に、電話やメールをしてくる相手は限られている。

まっ、まさか……？

とっさに、ふたりは顔を見合わせた。亜矢が身体をひねりながら掴んだスマホの液晶画面に表示されていたのは、彼女の夫の名前だった。それもメールではなく電話だ。出ないわけにはいかない。涼太に深々と貫かれたまま、亜矢は口元に人差し指を立てる合図をした。声や物音などを立てるなという合図だろう。

「えっ、こんな時間にどうしたのよ。どうせ、飲まされちゃって帰って来られないんでしょう？」

電話に出るなり、亜矢は拗ねたような声を出した。

「えっ、そんな……。嘘でしょう。だけど、大丈夫なの？」

いきなり、彼女の声のトーンが変わった。スマホ越しにかすかな声が聞こえてくる。

涼太のペニスによって串刺しにされているはずなのに、その声はどことなく嬉しそうだ。

それが、涼太にはなんとなく癪《しゃく》に障《さわ》った。嫉妬《ジェラシー》と言えばいいのだろうか。身体の中心部分で深々と繋がっている女が、他の男と嬉しそうに話しているのを聞いて、いい気持ちがするわけはしない。

少なくとも、涼太は料理を作ることを生業《なりわい》にしてきた。酒席で女の機嫌を取って、金を巻きあげるホストのような商売をしてきたわけではない。

正常位で抜き差しをしていた涼太は、亜矢の足首を摑むと、体重を乗せるような一撃を見舞った。

「ぁんっ……」

亜矢の唇から引き攣ったような声が迸る。両の足首を摑んだまま、体重をかけるようにして抜き差しを繰り返す。たわわに実った乳房が、両の太腿によって押し潰されるような屈曲位だ。亜矢は不規則に乱れる息を繋ぐ。

「えっ、大丈夫かって……。……だっ、大丈夫よ。あなたが戻ってくるっていうから、慌ててテーブルの脚に足の小指をぶつけちゃって……。あぁっ、飛びあがるくらいに痛くって……まともに息もできないくらい……」

亜矢は必死で言い訳の言葉を並べた。確かにもっともらしい言い訳に聞こえなくもない。

「えっ、お酒も一滴も飲まずに我慢したの。嬉しいけれど、大丈夫なの。うん、わかったわ。くれぐれも運転には気を付けて帰ってきてね」

亜矢は傷む指先を庇《かば》うような芝居がかった声で、夫の身を気遣うと電話を切った。

「旦那さん、お帰りになるんですか？」

「ええ、いま高速道路を制限速度ぎりぎりで突っ走ってるんですって……」

そう答えた亜矢が、嬉しそうに目元を緩めるのを涼太は見逃さなかった。

「じゃあ、コレはどうするんですか？」

屈曲位で亜矢の身体を押さえ込んだ涼太が尋ねる。嫉妬はセックスの快感を盛りあげる極上のスパイスだ。

「これじゃあ、ぼくはピエロみたいですね」

少し嫌味めいたセリフのひとつも出てしまう。涼太は少し乱暴に腰をストロークさせる。

「わかったわ。だったら、最後はお口に出して。一滴も残らず飲み込むから……」

亜矢は大きく唇を開くと、若い牡のエキスをせがんだ。室内に青臭い樹液の匂いを残さないための、彼女なりの計算かも知れない。

「じゃあ、一滴残らず飲み干してくださいよ」

少し拗ねた口調で言うと、涼太は全体重をかけるように腰を振りたくった。射精《で》る寸前で蜜壺から引き抜いた瞬間、亜矢は身体が起こしペニスにむしゃぶりついてくる。

ブッ、ブワァッ……ブシュワァーッ……。

欲望の液体が、下腹からすさまじい勢いで噴きあがる。亜矢はそのタイミングを見計らうように、すぼめた唇で尿道を駆けあがってくる精液をずずうっと吸いあげた。

「あっ、あああっ……。これは……」

精液ではなく、まるで魂ごとを吸い尽くされるような底が知れない快感が湧きあがる。亜矢が吸いあげることによって、尿道の中が真空に近い状態になっているのかも知れない。すさまじい勢いでの噴射に、全身が小刻みに震えてしまう。

ビュッ、ビュクッ、ビュッ……。不規則なリズムが打ちあがる精液をずずぅっと執念深くしゃぶり尽くしても、亜矢は肉柱を解放しようとはしない。

もはや気持ちがいいのか、くすぐったいのか、ツライのかわからないくらいだ。前のめりになった涼太は、頭を左右にぶんぶんと揺さぶった。度を越した快感と甘い拷問は紙一重だ。このままではどうにかなってしまいそうだ。

「もっ、もう……勘弁してください……」

涼太が情けない声で懇願すると、亜矢は仕方がないわねと言いたげな表情を浮かべ、ペニスをようやく解放した。涼太は息も絶え絶えというありさまだ。やや視界がぼんやりとした中で、亜矢は唇の端から滲みだした白い樹液を指先でそっと拭った。


その翌日、亜矢からメールが届いた。

「昨日は本当にありがとう。最初から最後まで本当に美味しくいただきました。穴子のしゃぶしゃぶ、火を通すと真っ白い花が開くみたいに広がるのにも驚きました。前菜が美味しかったからか、主人とも鍋を囲んで、その後も大いに盛りあがりました」

読みかたによっては、文面すべてが意味深に思えてしまう。前菜とは涼太との情事のことだろうか。

惚気《のろけ》とも取れるようなメッセージに、少し焼き餅にも似たような感情が湧きあがってくる。それでも、任されていた任務が大成功を治めたと思うと、職人としての自尊心《プライド》が満たされる。

一通目のメッセージの後、すぐにまたメールが届いた。

「以前にもお話しをしたと思うのだけれど、運動だけでは難しいクライアントもいるから是非とも相談に乗ってもらえませんか。食事面での指導をしても、それを実践するとなるとなかなか難しいかたも多くて。近々、お時間をいただけませんか？　ご紹介したいのは年齢差があるご夫婦なのですが、奥さまはまだ二十代前半でとても可愛らしいかたなんですよ。きっとやる気になってもらえる気がします」

やり手の亜矢らしく、少し気を持たせるようなメッセージ。

年の差カップルって……？

にんまりと微笑む亜矢の顔が浮かぶ気がする。喉の奥のぎゅっとすぼまった部分で、亀頭や肉幹をみちみちとしごきあげられた感覚がまざまざと蘇ってくる。スマホの画面を読み返しながら、涼太は玉袋の裏の辺りがじぃんと疼くような感覚を覚えた。

第四章　欲求不満なコスプレ新婚妻

職を失ったことからはじめは軽い気持ちではじめた作り置きオカズのアルバイトだったが、順調に顧客も増えていた。人妻である彩季《さき》たちの希望をすり合わせてスケジュールを組むこともできた。

月曜日は幼稚園に通うひとり娘の弁当作りに頭を悩ませている希美《のぞみ》。火曜日は希美のママ友の柚実《ゆみ》。水曜日は作り置きオカズのアイデアを出してくれた彩季。木曜日を空けて、金曜日は彩季のネイルスクール時代の先輩で、現在はフィットネスクラブを経営している亜矢《あや》という日程だ。

彼女たちの自宅を回るのは昼過ぎからなので、午前中は時間がまるまる自由になる。そこで亜矢が思いついたのが、彼女が経営しているフィットネスクラブの会員たちを新規の顧客にしようという企画だった。

亜矢いわく、フィットネスクラブに通って運動に励んでも、日常的な食事の管理ができないとなかなか成果はあがらないという。頑張ってトレーニングをした後は、ついつい美味しいものを食べたくなる心理もわかる。

トレーニングや食事制限を甘くすれば成果はあがらないし、厳しすぎると自棄《やけ》を起こしてリバウンドしてしまったり、クラブそのものを退会してしまう。そのあたりのさじ加減が実に難しいところらしい。

亜矢が経営しているフィットネスクラブは内装や設備の豪華さが売りで、会員もセレブと呼ばれる層が多いらしい。そこで、トレーニング後のご褒美を兼ねて、その会員のためだけに料理した食事を提供しようというのが亜矢の目論見だ。

最近流行りの低糖質ダイエット用などの冷凍食品や宅配弁当もあるが、それではこの特別感を醸しだすことはできない。

個人レッスンがメインとはいえ、SNSを含めて会員同士の交流もある。作り置きオカズにハマる会員がいれば、口コミなどから必ず顧客が増えるだろうと考えていた。

亜矢が最初に紹介してくれたのは、半年ほど前に結婚したばかりの年の差がふた回りもある夫婦だった。夫が四十五歳、妻はまだ二十一歳だという。

その夫婦に引き合わせられたのは、亜矢が経営するクラブのカウンセリングルームだった。そこはカウンセリングルームというよりも、企業の応接室のような雰囲気だ。

「はじめまして。山辺雅弘《やまべまさひろ》と言います」

雅弘は名刺入れから名刺を一枚すっと差しだした。名刺には不動産系の会社名と専務という肩書が記されていた。見るからに仕立てがいいスーツを身に着けた雅弘はかなり恰幅《かっぷく》がよく、いかにも温和そうなイメージだ。

「あっ、妻の深波《みなみ》です」

隣に座っている夫の仕草に倣うように、慌てて深波もソファから立ちあがりちょこんと頭を垂れた。がっちりとした体形の雅弘の隣にいるせいか、深波はかなり華奢《きゃしゃ》に見え、フィットネスクラブに通う必要などないように感じられた。

ジャカード織のやや華やかな紺色のツーピースのスーツは膝が隠れる長さで、少しあどけなさが漂う気はするが品のいい若奥さまという印象だ。

肩先よりも長めの艶々とした黒髪は、毛先だけをふわりと遊ばせている。淡いピンク色でまとめられたアイメイクや、艶々としたリップグロスが輝くふっくらとした唇が愛らしさを滲ませる。

亜矢から新規の客になるかも知れない夫婦を紹介されているのだ。緊張しないはずがない。それなのに、年の離れた夫を頼もしげに見あげる深波の姿に見惚《みと》れてしまいそうになる。涼太は不埒な心を押さえつけるように、鳩尾《みぞおち》の辺りに力を込めた。

どう見てもダイエット用のメニューが必要なのは、深波ではなく雅弘だ。今後のためにと亜矢がスタッフに作られせたフルカラーの資料を、年齢差からいえば親子でさえ通りそうなふたりは仲睦《なかむつ》まじそうにのぞき込んでいる。

ネット用語で「うらやまけしからん」というスラングがある。これは「うらやましい」と「けしからん」の合成語だ。

だが、深波は未成年ではないので、あくまでも合法的な関係だ。それなのに、年齢差がありすぎるふたりを見ていると、嫉妬めいた言葉が胸の中に湧きあがってくるのを禁じ得ないが、そんな感情は表には出せるはずもない。

「いやあ、いいアイデアですね。トレーニングを頑張ると、自分にご褒美をあげすぎてしまうんですよ。それに食事などをぼくの好みに合わせてくれているので、深波が少しグラマーになったような気がして気になっていたんです」

「もう、いやだぁ。そんなこと……」

深波は小鳥のようにちゅんと唇を尖らせ、雅弘の肩先を軽く小突いた。そんなさまが、なんとも羨ましく思える。亜矢の口添えもあって、週に一度家庭を訪れて作り置きオカズを作る話がとんとん拍子に進んでいく。

その中で、雅弘は、

「実は深波は料理はからっきしダメなんです。ご迷惑でなければ、料理の基礎的なことを多少でも教えてもらえると助かるのですが……」

と言った。さりげなく、亜矢の表情をうかがい見ると、視線で小さく頷いた。

「大丈夫ですよ。ぼくにできる範囲内であればお教えできると思います」

せっかくの新規の顧客を逃がすわけにはいかない。幸いなことにダイエットなどに関するメニューや食材は、専属の栄養士が考えてくれることになっている。涼太の仕事はそれを元に体裁よく調理し、料理ごとに冷蔵や冷凍保存をするだけだ。

「嬉しいっ。ホントのことを言うと、結婚してから二キロも太っちゃってっ」

深波は嬉しそうにはしゃいだ声をあげた。たかだか二キロごときでと思っても、二十代前半の女にとっては重大な問題なのだろう。瑞々《みずみず》しい頬の張りと艶は、女子高生だと言われても信じてしまいそうだ。


予定を合わせて、深波たちの自宅を訪ねたのは木曜日の午後だった。ふたりが住んでいるのは、間近で見あげると首が痛くなるようなタワーマンションだ。これも雅弘の実家が所有する物件らしい。

雅弘の両親は市内の戸建てに住んでいると聞いていた。いわゆるスープの冷めない距離らしい。

オートロックのエントランスを抜けると、低層階用と上層階用にわかれたエレベーターがある。その最上階に深波たちの部屋はあった。

玄関のチャイムを鳴らすと、ほどなくして深波がドアを開けた。

えっ……。

思わず、驚きの声が出そうになる。涼太は目の前の深波の姿に目を見開いた。そこに立っていたのは、亜矢が経営するフィットネスクラブのカウンセリングルームで会った姿とは、まったく違う深波の姿だった。

真っ白いワイシャツの襟元には、大きめの臙脂《えんじ》色のリボンが結ばれている。大きめの赤系のチェック柄のベストとスカート。スカートの丈は、膝よりも二十センチほど短い超ミニ丈だ。

まるで都内の繁華街を闊歩する、女子高生の制服を思わせるようなファッションだ。それだけではない。膝下に近い場所まで伸びるルーズタイプの白いソックスまで履いている。

「あっ、驚いちゃいました？　これってダーリンの趣味なんです。でも、さすがにこの姿では外出はできないから、あくまでも部屋着として着ているんです。ダーリンったら凝り性だから、こんな感じの部屋着を何着もオーダーしてくれて……」

動揺を隠せない涼太の前で、深波がくふっと笑ってみせる。邪気のない笑顔は、まるで可憐な少女を思わせた。いまどきは滅多に聞かない「ダーリン」という呼びかたが、若い牡の好奇心を煽り立てる。

淡い桜系の色合いでふんわりとまとめたメイクも、若々しさを強調している。パールが効いたリップとも相まって、柔らかそうな唇がよりふっくらとして見える。

個々の名前も覚えきれないグループ系のアイドルで言えば、間違いなくセンターに陣取っているタイプだ。

それどころか映画やドラマで主演や準主演級を演じていると言われても納得できるような、その他大勢とは一線を画すような圧倒的な雰囲気をまとっているように思える。事実を知らなければ、とても人妻とは思えない。

「さっ、どうぞ、あがってください」

来客にスリッパを勧める口調は、やはり二十代前半とはいえ、どことなく人妻っぽさが滲んでいた。案内されるままにキッチンを併設したリビングへと進む。

年齢差があるせいか、室内は極めてシンプルな感じだ。それでも、ところどころに若い女の子が好みそうなインテリアなどが飾られている。

「じゃあ、作業をはじめさせていただきますね」

涼太は胸当てがついた紺のエプロンを着け身支度を整えた。料理の基礎を教えて欲しいと言っていた深波も、白いフリルがたっぷりと縫いつけられた乙女チックなエプロンを着ける。

まるで女子高生を相手に料理教室をしているような錯覚を覚えてしまう。

「今日は和風ではなくて、フランス風にアレンジした肉じゃがを作りますね」

涼太は前日に配達されていた発泡スチロールから食材を取りだした。これはたっぷりの白ワインを使って煮込み、ハーブを効かせたもので日本風の肉じゃがとはひと味違う料理だ。

専属の栄養士が管理しているだけあって、栄養面は豊富だがカロリーは控えめに食材を組み合わせている。

よく耳にする女性が結婚してから太った、子供を出産してから太ったというのは、なんとなく食材を無駄にしたくないという意識が働いているらしい。

その点、前もって配達されてくる食材は食品ロスがないように計算されている。

「人参の乱切りとかはできますか？」

そう尋ねる涼太に深波は頷いたが、万能包丁を握る手つきが危なっかしい。

「皮むきなんかは包丁でなくて、皮むき《ピーラー》を使ったほうが早いし、安全ですよ」

表情に出さないようにしながら、涼太は胸の中でため息をついた。料理が好き、嫌い、得意、苦手はあるが、深波の手つきは明らかにそれ以前のレベルのようだ。

「ごめんなさいね。こんなにも不器用だと笑われちゃいますよね」

「いや、そんなことはないですよ」

「大丈夫ですよ。気を使わないでください。わたしだって不器用なのは自覚しているんです。ダーリンは優しいから口には出さないけど、お義母《かあ》さんからは呆れられているのもわかってますから。だって、こんなにも早く結婚するなんて思ってもいなかったから、お料理なんてしたことがなかったんです」

深波はふうーっとため息を吐いた。

「そうなんですか？」

「わたしが高校生の頃からアルバイトをしていたのが、ダーリンが所有しているビルの中にあるカフェだったんです。わたしが高校生の頃からずっと通っていたのに、短大に入学するまでは、話しかけてもこなかったんですよ」

「そうだったんですか？」

「そうなんですよ。おかしいでしょう。後から尋ねたら女子高生には手を出すどころか、話もしたらイケないからって、ずっと我慢していたんですって。ダーリンは未婚だったから問題はないのだろうけれど、噂《うわさ》になるだけでも面倒ですものね」

「すごいですね。辛抱強いというのか……」

「ふふっ、でしょう？　わたしもずっと女子校だったから、男の人に免疫《めんえき》もなかったし……」

深波は慣れない手つきで皮むきを握りながら、少し恥ずかしそうに笑ってみせる。手つきがぎこちないのに、なんとなくほわんとした気持になってしまうのは、彼女から漂う柔らかい雰囲気のせいだろうか。

「あっ、左手は軽く添えるくらいにしないと危ないですよ」

綺麗なオレンジ色の人参を支え持つ左手が心もとなく思えて、ついつい助け舟のように小言を囁いてしまう。

「涼太さんって優しいんですね。お義母さんも優しいけれど、さすがにちょっと呆れられちゃってるみたいで。少しでもお嫁さんっぽいことができるようになりたくて」

深波は涼太を「くん」ではなく「さん」づけで呼んだ。年上の人妻たちからはくんづけで呼ばれているので、なんとなく照れくさいような気持ちになってしまう。

「旦那さんは見るからに優しそうな感じですよね」

「そんなふうに見えますか。実際にわたしには優しいんですよ。わたしが小学生の頃に両親が離婚しちゃっているから、父親って存在がよくわからないんです。周囲からはファザコン気味だなんてよくからかわれていました」

キッチンで並んで野菜の下ごしらえをしていたときだ。

ニャーンッ……。

甘えた声をあげながら、茶トラの猫が足元にすり寄ってきた。

「あっ、ごめんなさい。猫はお嫌いじゃないですか？　うちの琥珀《こはく》ちゃんなんです。ほら、お客さまが来ているときは、キッチンやリビングに来たらダメって言ってるでしょう」

猫は少し不満そうな声をあげながら、それでも構って欲しそうに深波の顔を見あげている。

「実は、この子が縁結びをしたようなものなんですよ」

「縁結びですか……？」

「実は短大に入りたての頃に、道端で怪我をしていた、まだ子猫だったこの子を見かけて。血も出ているし、どうしていいのかもわからなくて。それに動物病院ってお金もかかるって聞いていたから。困り果てているところに、たまたまダーリンが車で通りがかって。ダーリンったら血で汚れるのとかも気にせずに、ジャケットでそっと包んで動物病院まで連れて行ってくれたんです。わたしも心配だったから、一緒に車に乗せてもらって……」

「そんなことがあったんですね」

深波のルーズソックスに身体をすり寄せる猫の目は、琥珀のように澄んだ金色だ。

「それからは心配で毎日、動物病院に面会に行きました。なんだかんだで、半月以上は入院していたかしら。でも退院しても、うちはペットが飼えない物件だったから。それなら、ぼくが面倒を見るよってダーリンが言ってくれたんです。前々からイイ人なのはわかっていたけれど、それで完全にノックダウンをされちゃった感じです。この子に会いたくて、この家に通っているうちに……」

深波は足元に絡みついてくる猫に、愛しげな眼差しを注いだ。

「茶トラの猫は八割が男の子で、女の子は二割しかいないから貴重なんですって。本当に琥珀ちゃんは招き猫というか、わたしたちのキューピッドよね」

深波は惚気めいた言葉を口にした。もしも同じような場に立ち会っていたとしたら、涼太ならばどうしただろう。実家は飲食店を経営しているので、子供のころからペットを飼うことは禁止されていた。

それだけではなく、衣服がダメになることを覚悟して猫に服をかけたり、保険が利《き》かない高額な治療費を支払うことができただろうか。それを考えただけでも、男としての器が違い過ぎるような気がした。

美波に手取り足取り教えながらでは、時間はいくらあっても足りない。今日は簡単なピーラーの扱い方と乱切りだけを教えて、ほとんどの作業は涼太がこなした。

「うわあ、素敵っ。やっぱりプロのお料理って見栄えもぜんぜん違うのね」

感心したように深波が呟く。

「これで、ダーリンも少しは元気になってくれるかしら？」

「どこか体調でもよろしくないのですか……」

「体調っていうか、ちょっと元気が足りないって感じなんです」

「亜矢さんからはそういうお話は伺っていませんでしたが」

「うーん、そういう意味の元気ではないって言えばわかりやすいかしら……」

深波は言葉を選ぶように呟いた。まだまだ男と女のことには疎い涼太でも、その意味合いくらいは理解できる。

「まだまだ新婚さんですよね。一番盛りあがる時期なんじゃないですか」

「あはっ、そうですよね。盛りあがってると言えば、毎晩のように盛りあがってはいるんですけど……」

少し恥ずかしそうに、深波は口元を手で隠した。

「なんて言えばいいのかしら。元気は元気なんですよ。でも、肝心なときになると、ちょッと元気がなくなっちゃうって言えばいいのかしら……」

深波は不満げな声を洩らした。

「わたしとしては盛りあがって盛りあがって、さあ、これからってときに……ふにゃんとなっちゃうんだもの。なんとなく不完全燃焼って感じになっちゃうんです」

「まあ、男っていうのはデリケートなところもあるんですよ」

涼太はさりげなく会話を逸らそうとした。涼太だって二十代半ばの男だ。年下の若妻から生々しすぎる夜の営みについて聞かされるのは、蛇の生殺しみたいなものだ。

「ねえねえ、どう思います？　だってわたしが高校生のときから、毎日のようにカフェに通い詰めていたんですよ。その後だって、わたしの気持ちが固まるまではって待ち続けてくれたのに」

「本当にずいぶんと辛抱強い男《ひと》ですよね」

「わたしってファザコン気味だって言ったでしょう。いろいろなことに興味はあったし、男の人から誘われたことだってあったけれど、ダーリンと付き合うようになるまではキスの経験さえなかったの。はじめてのときは、シティホテルの中にある雰囲気のいいレストランを予約してくれて、そのまま夜景が素敵な部屋にチェックインしたのよ……。琥珀ちゃんのこともあったから、そうなるのが運命的なことに思えたの。あの夜は素敵だったわぁ。いま、思い出しても……なんだか興奮しちゃうっ……」

胸の中で、熱い夜の記憶が再燃したのだろうか。深波はうっとりとした声を洩らし、スレンダーな肢体をかすかにくねらせた。ミニ丈のスカートの裾が揺れる。

「ねえ、ハグしてもらってもいいですか？」

「ハグですか……」

両手を伸べると、深波は女子高生風の衣服に包まれた肢体をすり寄せてきた。エプロンを着けた涼太の胸元に、臙脂色《えんじいろ》のスカーフが触れる。

「くっ、くうっ……」

涼太はくぐもった声を洩らした。肩先でカールを描く、艶やかな黒髪。耳の裏側の辺りからは綿菓子のような甘ったるい香りが漂ってくる。抱き締めたくならないほうがどうかしている。握り締めた拳が小さく震える。

「わたしの身体って魅力的じゃないのかしら。だから、途中で萎《しお》れちゃうのかもって考えると不安になっちゃって……」

深波は涼太の耳元に唇を寄せると、じゃれつく猫のような声で囁いた。わずかに吹きかかる吐息の熱さ。思わず、背筋がひゅくんとのけ反りそうになる。

「そんなことはないですよ。ものすごく魅力的ですっ」

もう、ブレーキは利かなかった。涼太はチェック柄のベストに包まれた深波の背中に両手を回した。その肢体は想像していたよりもはるかに華奢だった。胸元に密着する、若々しい乳房のふくらみもやや控えめな感じだ。

「ねえ、ぎゅっとして……ぎゅっと抱き締めて……」

深波の声が甘さを増し、涼太の背中で繋ぎ留められていたエプロンのリボン結びをしゅるりとほどき、少し忙しなくエプロンを剝ぎ取った。

「ダーリンとは体格がぜんぜん違って、背筋ががっちりしているのね。ダーリンだとお腹がぽっこり当たる感じだから。それもぽよよんとしていて可愛い気もするんだけど。なんだか、すっごく新鮮だわ」

深波は象牙色の前歯をちらりと見せながら、上目遣いで潤みを帯びた視線を投げかけてくる。

「ねえ、キスもしてみて……」

淫らな期待に胸を躍らせているのか、うっすらと開いた唇からかすかな吐息をこぼしながら深波はまぶたをそっと伏せた。

いままで相手にしてきたのは年上の女、それも熟れ盛りの人妻たちばかりだ。年下の女から唇を求められるのは、涼太にとって生まれてはじめてのことだ。

まぶたや頬にピンク色のシャドーやチークを施しただけのナチュラルメイクに、オーダーメイドだというチェック柄の制服風のファッション。足元にはルーズソックスまで履いている。カラコンを着け、つけまつげなどでわざとらしいほどに目元を強調した本物の女子高生よりも、はるかに清楚な雰囲気を漂わせている。

そのギャップに頭の中は完全に混乱している。それでも男としての好奇心を押さえ込むことはできない。

涼太はわずかに膝を落とすと、濡れたように光る唇にキスをした。ふにゅりとした感触で重なった唇から、どちらからともなく舌先が伸び妖しい舞いを踊る。

「キスも……キスの仕方もダーリンとはぜんぜん違うのね。なんだか頭がぼうーっとしちゃうみたい。はじめての相手がダーリンだったから、他の男《ひと》がどんなふうに愛してくれるのか知らないのよ。処女《ヴァージン》だって打ち明けていたから、はじめてのときからとっても優しく抱いてくれたの。いろんなところをじっくりと舐め回されて、全身がとろとろに蕩けちゃうかと思ったくらい……」

深波は牡としての闘争本能を煽るような言葉を囁いた。

「処女のときにひとりエッチをしたこともあったけれど、あのときは気持ちよさなんてわからなかったの。だから、ダーリンに舐められてはじめてイッたときは、わけがわからなくなって気が遠くなりそうだったの。それなのに……」

深波は端正な顔立ちを曇らせる。

「ダーリンの指先や舌先ではイケるのに、オチ×チンではまだいったことがないの。もちろん気持ちはいいのよ。でも、もう少しっていうところで……ダメになっちゃうの……」

いまどきの娘は、初体験が早い娘と遅い娘が極端だという話を聞いたことがある。二十歳そこそこで処女を卒業したのだから、決して遅いほうではないだろう。

だからこそ、性的な好奇心も高まっているだろうし、彼女が口にする蕩けるような悦びをもっともっと味わいたくてたまらないのかも知れない。

「もう少しでっていうのは、いわゆる中折れのことですか？」

涼太が答えにくいことを尋ねると、深波は小さく頷いた。涼太は二十五歳にしてようやく童貞を卒業したばかりだ。中折れどころか、少しでも気を緩めると年上の人妻の手練手管と熟れた肢体に暴発しそうになってしまう。もっとも暴発してしまったとしても、人妻たちは軽く抜いておいたほうがじっくりと楽しめそうだと頬を緩める。

涼太にとっては中折れなど想像もつかない。ましてや相手はシャワーの水しぶきを弾き飛ばしそうなほどに、瑞々しい素肌を持つ二十代前半の若妻なのだ。

「もう少しっていうところでダメになっちゃうと……なんだか置いてきぼりを喰らっているみたいで……」

深波は胸の奥底にずっと溜めこんでいた不満を口にした。こんなことを言えるのは、年が近いという親近感もあるのかも知れないが、夫よりも二十歳ほど若い涼太に対する期待も大きいのかも知れない。

「でも、旦那さんに悪いような……」

「仕方がないじゃない。だって、ダーリンだって悪いのよ。わたしにセックスを教え込んで、こんなにエッチが大好きな身体にしたくせに。最後までしてくれないんだもの……」

深波は恨めしげな言葉を吐いた。言葉の端々に、女としての欲が滲んでいる。

「涼太さんだって、本当はしたくてたまらなくなっているんじゃない？」

少し小悪魔的な笑みを浮かべると、涼太の股間をゆるりとなぞりあげた。チノパンツのフロント部分には、必死で押し殺そうとしている男の欲望が漲っていた。

「ねっ、こんなふうになっているじゃない。お互いに我慢は身体によくないと思うの。ねえ、せっかくだからベッドルームに行かない？」

年下なのに深波の言動は大胆だ。ふたりはナイトクラブのラストで流れるスローなテンポのチークダンスを踊るように、身体をべったりと密着させたままゆっくりと足を進めた。

ベッドルームには、やや大きめのソファとテーブルが置かれていた。オーディオセットやミニサイズの冷蔵庫なども備えつけられている。

一番目を引くのは部屋の中央に設えられた、ホテルのスイートルームを思わせるクイーンサイズのベッドだ。まるで映画のセットみたいだ。微笑ましいのは、部屋の隅に猫用のベッドが置かれていたことだ。

本当ならば、スレンダーな深波の身体を押し倒したいところだ。しかし、涼太には押し倒すというより、年上の女の身体や手練手管で押し倒された経験しかない。

ここでの涼太は、顧客のための料理を作るために部屋を訪れた料理人という立場だ。

「そんなふうに緊張しないでよ。少しはリラックスして」

流し目を送ると、深波は胸元に結んでいたリボンをするりとほどいた。言葉を発することもできずに、年下の女の仕草を見つめている涼太の視線を意識するように、ゆつくりとベストから両の袖を引き抜き、膝よりもかなり短いスカートのウエストに手を回した。

後ろホックを外しファスナーを引きおろすと、小ぶりだが形のいいヒップをくねらせてスカートを脱ぎおろす。

これで深波はワイシャツとルーズソックスを着けた姿になった。白いワイシャツの裾からは、ほっそりとした太腿が伸びている。彼女がわずかに身体を動かすと、ワイシャツの前合わせの間から白いショーツがちらちらと見え隠れする。

その姿は女子高生のようにしか見えないが、正真正銘の人妻なのだ。

「わたしのこんな格好を見ても興奮しない？　それとも我慢しているの？」

涼太の体躯に両手を回すと、深波は再び胸元を押しつけてきた。グラビアなどで見かけるアイドル並みに華奢なので、乳房のふくらみは控えめな感じだ。

「こんなにおっきくしているのに、やせ我慢するのはよくないと思うの」

深波はもう一度唇を重ねてきた。ルビーレッドのグレープフルーツのような色合いの舌先で、涼太の唇をちろちろと舐め回す。高ぶっているのだろう。彼女の口臭が甘ったるさを増している。

「もうっ、あんまり焦らすのは意地悪だわ」

へそを曲げたような声もどことなく可愛らしい。ふた回りも年が離れた夫が高校を卒業するまではと声もかけずに我慢を続け、彼女の信頼を得るまでは辛抱強く待ち続けたのもなくとなく理解ができる気がした。

「意地悪ーっ。わたしのほうが我慢できなくなっちゃうっ」

深波は涼太の身体を抱き締めると、駄々っ子みたいに身体を左右に揺さぶった。勢いをつけるとタックルをするみたいに、クイーンサイズのベッドに仰向けに押し倒す。

「女にここまでさせないでよ」

馬乗りになった彼女と視線が交錯する。涼太はエプロンは取ったものの、ワイシャツとチノパンツ姿だ。コットン生地の上からでもわかる怒張の形をなぞるように、深波が指先をそろりそろりと這わせる。

「自分で脱ぐ？　それとも脱がせて欲しい？」

夫から仕込まれているのだろうか。媚びるような視線が悩ましい。ここは深波が夫との愛欲を楽しんでいるベッドだ。ならば、彼女のしたいようにさせてやるのが一番いいように思えるし、彼女のテクニックを味わってみたいような気がした。

「深波さんの好きなようにしていいですよ」

わざとポーカーフェイスを装ってはみるが、チノパンツの中身はファスナーをぎちぎちに押しあげている。深波の指先が涼太のシャツの襟元のボタンをひとつずつ外していく。

第四ボタンまで外したところで、少し荒っぽい感じでチノパンツから引き抜く。前合わせボタンをすべて外すと、視線で涼太に上半身をわずかに浮かせるように促す。

男と女というのは不思議なもので、はじめて身体を合わせる相手でも、視線や仕草で相手の胸中が読み取れることがある。

涼太が腹筋に力を入れてベッドから背中を浮かびあがらせると、忙しない感じでワイシャツから両腕を引き抜き、インナーシャツを首から抜き取る。

年下なのにその手並みは鮮やかなものだ。これで涼太もチノパンツとソックスだけという姿になった。

ちゅっ、ちゅるんっ……。わざと舌先を鳴らしながら、深波が剝きだしになった男の胸元に、舌先をまとわりつかせる。いきなり乳首を舐めたり吸いついたりはしない。女とは明らかに色合いが違う、国産のサクランボのような淡い色の乳輪の周囲をゆっくりと舐め回す。

彩季たちと関係を持つまでは、しこり立ったとしても直径五ミリ程度の乳首やその周囲を性感帯だと意識したことはなかった。それなのに、いまは乳首だけでなく乳輪を愛撫されただけで、悩ましい声が洩れそうになってしまう。

オナニーをするときでさえ、右手でペニスをしごきながら左手の指先で左の胸元をくりくりと悪戯するのがクセになっていた。

「ほら、乳首がきゅんって硬くなってきた」

深波は乳暈をさわさわと円を描くように撫で回しながら、ときおり乳首を軽くクリックする。緩急をつけた指使いに自然に息が乱れてしまう。男の喘ぐ表情をうかがい見る彼女の表情は本当に楽しそうだ。

乳首が硬くなるにつれ、ペニスもますます男らしさを蓄えていく。涼太は破廉恥な愛撫をリクエストするみたいに、下半身を揺さぶった。

深波はチノパンツのベルトを慌ただしく外すと、なかなか引きおろせないファスナーに苛ついたようにわずかに眉頭を寄せた。

「ぼくだって興奮しているってことですよ」

その言葉には嘘はなかった。彼女がじっ、じぃと鈍い音を立てながらファスナーをおろすと、両の足の裏に力を入れて踏んばるようにしてチノパンツの脱ぎおろしに協力する。

焦らされまくった牡の身体は汗の代わりに、下半身の一カ所からとろみのある粘液を噴き出していた。トランクスの前合わせのボタンなど飾りみたいなものだ。そこには歪《いびつ》な円形の濡れジミが広がっていた。

「こういうのを見ると、わたしだって興奮しちゃうっ……」

粒だった舌先で唇をちろりと舐めると、深波は自らの指先で白いワイシャツのボタンをひとつずつ外した。きつく抱き締めたら折れそうなほどに華奢な肢体には、翼を広げた鳥のようなシルエットを描く鎖骨がくっきりと浮かびあがっていた。

胸元を覆い隠しているのは、縁取りにたっぷりとフリルがあしらわれた純白のブラジャーだった。ハーフタイプのカップの大きさから察するにBカップくらいだろうか。

逆にこんなにも華奢なのに、メロンのようなサイズの大きさの乳房をぶらさげていたら作り物みたいに思えてしまう。肝心なのは女体としてのバランスなのだ。

ほっそりとした下腹部を包むのは、ブラジャーとお揃いのセミビキニタイプのショーツだ。上縁に縫いつけられたフリルとリボンが、いかにも乙女チックな感じだ。

こんなにも魅力的な肢体を毎晩のように自由にしているという夫に対して、嫉妬めいた気持ちが湧きあがってくる。ましてや挿入途中で、中折れするなど考えられない。まさに「うらやまけしからん」というやつだ。

「深波さんってエッチな身体をしているんですね。もっと、もっとぼくを挑発してくださいよ」

若牡の特権である逞しさを誇張するように、涼太は濡れまみれたトランクスの前合わせを指先でなぞりあげた。トランクスと指先との間に、銀色の糸をとろりと引くくらいに先走りの液体が噴きこぼれている。

「えっ、挑発って……」

深波の唇から戸惑いの声が洩れる。ふた回り年上の夫との営みでは、きっと終始夫が主導権を握っているのだろう。だから、一番肝心な本番行為の真っ最中で中折れされても抗議することもできず、不満を募らせることしかできないのだろう。

「もっと、もっとぼくを興奮させてくださいよ。そうでないと、ぼくだって途中でダメになるかも知れませんよ」

涼太はわざと女心を抉《えぐ》るような台詞を口にした。深波にとっては「途中でダメになるかも」というのは一番考えたくないことだろう。

「そっ、そんなの……。まるでわたしに魅力がないみたいじゃない……」

深波は苦悶の表情を浮かべた。女にとっては途中で萎《な》えられるというのは、自分自身の身体に魅力がないと言われているも同然だ。

「深波さんは十分に魅力的だと思いますよ。だから、もっともっと、ぼくを興奮させてくださいよ。たとえば、ブラジャーで隠れているおっぱいなんて、実に男心をそそりますよね」

涼太は見事な三角形のテントを張った下腹部を揺さぶってみせた。深波に魅力がないわけではない。これは彼女の心を、身体を好き勝手にできる夫への対抗意識みたいなものだ。

言われるままに、深波は両腕を背中に回してブラジャーを外そうとした。しかし、それでは面白味がないように思える。

「どうせだったら、ブラジャーを外すんじゃなくて、カップからおっぱいをぽろんって出して見せてくださいよ。男っていうのは、見えそうで見えないほうが興奮するもんなんですよ」

涼太はベッドから上半身を起こしながら言った。

「そんな……はずかしい……でっ、でも……」

女心はおかしなものだ。胸元を隠すブラジャーを外そうとしていたというのに、そうではなくカップから乳房だけを露出させるほうがはるかに恥ずかしいらしい。恥じらうさまに、涼太のトランクスにできた濡れジミがじわじわと面積を広げる。

「涼太さんって、意外と意地悪なのね」

「いや、それだけ深波さんが魅力的だから、ついつい意地悪がしたくなるんですよ」

困惑の色を隠せない深波の言葉に、涼太はわざと嘯《うそぶ》いてみせた。思えば、いままでは年上の人妻たちにいいように弄ばれてきたような気がする。はじめて自分が主導権を握っているような心持ちになってしまう。

「こんなの……はあっ、恥ずかしいっ……」

込みあげる羞恥を堪えるように深波は涼太から顔を背《そむ》けると、ブラジャーのカップに両の指先をかけた。ほっそりとした指先に力がこもるのが伝わってくる。ぷるんという控えめな感じで、形のいい若乳がこぼれ落ちてくる。

男の手のひらに容易《たやす》く収まりそうな大きさの乳房は、引きずりおろしたカップに支えられているみたいだ。その頂きはソメイヨシノなどよりも遅い春に咲く、桃の花よりも色鮮やかな八重桜のような色鮮やかさだ。

愛らしい乳房の大きさに相応しく、乳輪や乳首の大きさも控えめだ。胸の中から押し寄せてくる恥辱《ちじょく》と昂ぶりに、乳輪も乳首も収縮し、その色を濃くしているように見える。

「素敵なおっぱいですよね。深波さんが自分でいじっているところを見たら、もっと興奮すると思うんですけど」

「やだっ、そんな……」

言葉を詰まらせながらも、彼女は上品なパールピンクのネイルで彩られた指先で敏感そうな乳首を緩やかなタッチでこねくり回した。

「んっ、ぁあっ……」

あまりにも扇情的な姿に、思わず驚嘆の吐息が洩れてしまう。しかし、本当の駆け引きはこれからだ。涼太は尻を左右に揺さぶると、カウパー氏腺液まみれのトランクスをずるずると引きおろした。

くっきりとした弧を描く深波の瞳がいっそう大きく開く。涼太は卑猥な粘液を鈴口から噴きこぼすペニスの先端を右手でゆるゆると撫で回した。彼女の口元が物欲しげにかすかに蠢く。

「ダーリンが中折れしたときは、深波さんはどうしているんですか？」

わざと女性にとっては、答えに詰まる質問を投げかける。

「それは……。指で悪戯されたり、舌で舐められたりしてイッているから……」

深波は視線を泳がせると、答えをはぐらかそうとした。しかし、表面的な快感で満足しきっているならば、涼太に夫婦の営みを愚痴ったりはしないに決まっている。いまだって、誘っているのは明らかに彼女のほうだ。

「もしかして、我慢できなかったときは自分でオナッてるんじゃないですか？」

涼太はわざと露骨な言いかたをした。

「えっ、やだっ……そんな……」

深波はびゅくんを肢体を震わせた。それは恥ずかしさからなのか、本当のところを見抜かれたからなのかはわからない。

「ぼくは我慢できないときは自分でしごいていますよ」

涼太は極めて下卑《げび》た言いかたをした。本音を言えば、作り置きオカズのアルバイトをはじめてからは、オナニーをしたくなるような性欲の昂ぶりを感じたことはほとんどない。

自分で発射する前に、待ち構えていたとばかりに食らいついてくる人妻たちによっては射精させられているからだ。

「がっ、我慢できないときは……」

深波は言いよどんだ。女にとってこれほど恥ずかしい告白はないに決まっている。

「ダーリンは疲れているから、中折れしちゃったらすぐに寝ちゃうの……。だから、ダーリンに気づかれないように……」

「ひとりで、ひとりエッチをしてるんですか？　だったら、是非ともそれを見せて欲しいですね」

涼太はさらに畳みかけた。

「あっ、ああっ……んんんっ……」

込みあげる恥辱を堪えるように、深波は剝きだしになった乳房を揺さぶりながら悩乱の声を洩らした。性的な昂ぶりによって、形のいいお椀形《わんがた》の乳房はうっすらと紅潮している。

「そんなこと……そんないやらしいこと……ダッ、ダーリンの前でだって……したことがないのにぃ……」

深波は喉の奥に詰まった声を洩らした。だが、それは悲壮な声には感じられない。根底にしどけない甘さを含んだ声だ。

おずおずという感じで、深波の右手の指先が純白のショーツで覆い隠されたショーツへと伸びる。

「その体勢だとよく見えませんよ。そうだな、ヘッドボードに身体を預けたら楽だと思いますよ」

クイーンサイズのベッドの真ん中に陣取った涼太は言い放った。ヘッドボードとはベッドの枕に一番近いスペースだ。この部屋のヘッドボードはソファのような形になっていた。

言われるままに、胸元を露わにした深波はヘッドボードに背中を委ねた。

「もっと足を大きく開かないと、肝心なところが少しも見えませんよ」

「本当に意地悪なんだからぁ……」

深波は小鼻をヒクつかせながら、少しずつ両足を広げていく。ルーズソックスを履いた両足の裏をベッドに着ける形なので、足を左右に開いた体育座りという感じだ。

涼太はベッドの上で胡坐《あぐら》をかいて、深波の太腿の付け根の辺りをのぞき込むように前のめりになった。

ひらひらとしたフリルがあしらわれたショーツの上縁から、深波の指先が秘密めいた部分へと忍び込む。わずかに開いた太腿の付け根を隠す船底型の部分が、うっすらと水分を孕んでいるのがわかる。

「あっ……」

二枚重ねのクロッチによって隠された部分に指先が触れた途端、彼女の身体が小さく震えた。昂ぶりによって鬱血した花びらによってせき止められていた牝蜜がたらりと滴り落ち、ショーツに淫らな地図を描いていく。

「なんだ、深波さんも見られて感じていたんですね」

「だっ、だって……恥ずかしいのに……こんなに濡れちゃってるぅっ……」

彼女の頬が赤みを増す。恥ずかしくてたまらないという表情を浮かべながらも、ショーツの中に潜り込んだ指先が敏感な牝の部分をまさぐっている。

若いだけに情熱的な蜜液も潤沢なのだろうか。見る間にクロッチ部分が水分を帯び、甘酸っぱい牝の匂いを周囲に振り撒《ま》いている。その香りにそそのかされるように、涼太の亀頭の割れ目から滲みだす牡汁の量も夥《おびただ》しくなっていく。

「ショーツで隠れていたら見えませんよ」

涼太の言葉に、深波は黒髪を狂おしげに揺さぶった。ショーツ越しに見られるのは耐えられる。しかし、覆い隠すものがない女の切れ込みを、指先でまさぐるさまを見られるのは恥ずかし過ぎる。

「見せてくれないんだったら、そろそろお暇《いとま》しましょうか。一応、今日の仕事は全部終わっていますから」

あえて、涼太は素っ気なく言い放った。夫婦のベッドルームまで誘った深波だ。中途半端に火が点《つ》いた状態では済まないことは想像に難くない。

それとも意地を張り続けて、いつものように火照りが収まるまで、ひとりで蜜まみれの牝肉をまさぐり続けるのだろうか。これは一種の賭けみたいなものだ。

「もうっ、女の身体に火を点けておいて、いまさらお預けを喰らわすつもり。それじゃあ、ダーリンとなにもかわらないじゃないっ」

深波は少し悔しそうに唇を噛み締めると、ショーツの船底形の部分に左手の指先をかけて、横に大きくずらした。クロッチの表面まで牝蜜が滲みだしているので、軽く力を加えただけで愛液が滴り落ちてきそうだ。

太腿とは色合いや肉質が異なる、下の牝唇が少しずつ露わになっていく。そこには縮れた毛はなかった。まるで生まれたままのように無毛だ。

「ダーリンがわたしには似合わないって言うから……。ＶＩＯのラインは全部永久脱毛をしたの」

深波が恥ずかしい秘密を打ち明ける。あるべき場所にあるべきものがないのは、なんともいかがわしく思える。涼太は甘酸っぱい特有の匂いを放つ淫裂をのぞき込んだ。彼女の言葉どおり、そこには大人の女にはあるべきはずのものがなかった。

好奇心に駆られ、涼太はクロッチ部分からはみ出した牝肉をのぞき込んだ。無毛の媚肉が、愛液によってぬらぬらと輝いて見える。昂ぶりによって色を増した太腿の付け根は、まるでアップルマンゴーみたいな色合いだ。

もしかしたら、普通ならば見せることがない部分を無毛にしたのは、他の誰にも見られないようにという年上の夫の思惑もあるのかも知れない。

そう思うと、ますます背徳感が込みあげてくる。若いだけにやや酸味が強い匂いは、牡を誘惑する最高のフェロモン臭だ。その香りに誘われるように、涼太は匍匐《ほふく》前進のような格好になると、甘蜜を滴り落とす花びらをゆるりと舐めあげた。

「はあっ、いいっ……。ぬるぬるした舌で舐められると……頭の芯までじんじん響いちゃうっ……」

深波はヘッドボードに預けた肢体をしならせながら、切ない吐息を洩らした。舌先に流れ落ちてくる甘露は最高の精力剤みたいだ。

愛液を舌先にたっぷりとまぶすと、赤みの強い牝核に狙いを定めて舌先で強めに刺激する。日頃から薄い肉膜をめくりあげるように、たっぷりと愛撫されているのだろう。すでにフードから半分ほど顔を出したクリトリスが、恥ずかしそうに周囲をうかがっている。外見は女子高生みたいなのに、ショーツの中身は完全に熟しきっていた。

中折れの話を聞いているのであえて膣内《なか》は指などで愛撫せず、充血しきったクリトリスを覆う薄膜を指先でずるりと剝きあげ、花びらとともに丹念に舐め回す。

「あっ、ダメッ、そこっ、クリちゃんはダメなの。感じすぎちゃう。すぐに……イッちゃうっ、ひあっ、イッ、イクッ、イッちゃうーっ！」

刹那《せつな》の声をあげ、深波は肉厚のクッションに身体を委ねて、身体をびゅくびゅくと痙攣させた。見ているほうが息苦しさを覚えるような激しい達しかただ。

もう止まらない。涼太はヘッドボードに寄りかかっていた彼女の肢体を力強く抱き締めると、ベッドの中央部分へと引きずり寄せた。

牡を惹き寄せてやまない淫靡な香りを放つショーツに両手の指先をかけると、絶頂の余韻に下腹部を波打たせる彼女の反応を楽しむように、少しずつ引きずりおろしていく。

しかし、あえて膝下まであるルーズソックスは脱がせない。ときとして全裸よりも半裸のほうがエロティックに見える。

ましてや身に着けているのが乳房が完全に露わになったブラジャーと、膝下までのルーズソックスだけとなると、禁忌を犯しているような錯覚を覚えてしまう。

「コレが欲しいんですよね。だったら好きなだけ跨って、腰を振っていいんですよ」

涼太は四肢の力を抜くと、仰向けに寝そべった。

「えっ、いきなり騎乗位《うえ》だなんて……」

戸惑いを口にしながらも、深波は本能に衝き動かされるみたいに涼太の腰の辺りに膝をつくように跨った。白いシーツに膝をついたルーズソックスを履いたふくらはぎが、なんとも言い表し難いいかがわしさを醸しだしている。

コスプレには興味がない涼太だったが、制服などに並々ならぬ興奮を覚えるという心理がなんとなく理解できるような気がした。

「いいのね、はぁんっ、もうっ……我慢できないっ……」

うわずった声を洩らすと、深波は腹側に傾くほど硬くなったペニスをしっかりと握り締め、太腿の付け根目がけて押しつけた。小ぶりだが形のいい尻に体重をかけるようにして、ゆっくりと飲み込んでいく。

ぬぷっ、ぢゅぷぷっ……。

膣内に溢れ返った甘蜜が卑猥な音を奏で、牡柱を出迎えた。細身《ほそみ》の身体だけに、膣《な》内《か》も肉質がきゅっと締まった感じで、ざわめきながら絡みついてくる。

人妻たちのテクニックによって、男として多少なりとも成長したと思うし、制御も利くようになっていたが、そうでなければ瞬殺されていたに違いない。

「はあっ、かっ、硬いっ……嘘みたいっ……、はあっ、イイッ、イッちゃったばかりだから……はあっ、イッ、イキッぱなしになっちゃうぅっ……」

身体の中心部に撃ち込まれた男根の逞しさを確かめるように、涼太の胸元に手をついた深波は右へ左へと腰を振り動かす。揺れるのはヒップだけではない。

肢体をくねらせるたびに、ラズベリーのような果実がつきゅんと尖り立った、お椀を伏せたような乳房も上下に弾む。涼太はブラジャーからこぼれ落ちた乳房を下から鷲摑みにすると、しこり立った乳首を親指と人差し指の腹を使って丹念に転がした。

「いいわっ、もっと、もっと激しくしてえっ……」

いままで満たされなかった思いを解き放すみたいに、腰を振るさまが彼女の胸中を表しているみたいだ。ならばと、涼太も弾みをつけるように、下から腰を跳ねあげる。細身の彼女の肢体が浮かびあがるような激しさでだ。

夫の中折れへの不満を口にし続けてきた深波に、ふんぞり返るほどに硬くなった牡杭を心ゆくまで満喫させようという趣向だ。

「たまんないわ。こんなのっ……ねえ、もっともっと、いっぱい悦ばせてくれるんでしょうっ……」

深波は感極まったように囁くと、涼太の胸元に手をつくとルーズソックスを履いた膝をゆっくりとあげた。涼太の腰のあたりに、ちょこんと乗っかるような体勢だ。いくら細身とはいえ、ペニスに彼女の体重がのしかかるみたいで、膣内《なか》の密着感が倍増する。

「いっ、いっぱいいっぱい感じたいの。ねえ、いいでしょう?」

深波は膣内《なか》にしっかりと埋め込んだ男根を軸のようにして、蜜液によってにゅるんと抜け落ちないように慎重に身体の向きを百八十度回転させた。

まるで、膣壁によってペニス全体が、ぎゅんっとひねりあげられるみたいだ。これも深波がぎゅっと抱き締めたら折れそうな華奢だからこそできることだ。

「うあっ、これはキツいっ……」

さすがに涼太もくぐもった声を迸らせた。後ろ向きの騎乗位になった深波は尻を突きだすようにして、男女の結合部位を揺さぶってみせつける。彼女はこすりあげる場所が変わったことを楽しむように、スローなペースで腰を前後させる。

これでは人妻とはいえ年下の女に、一方的に責め立てられているみたいだ。涼太は大きく息を吐くと、鳩尾の辺りに力を蓄え、蠱惑的な尻をがっちりと掴んだ。

ヒップを前後に優美に振り動かす深波とは真逆に、蜜壺の最奥目がけて亀頭をがつんがつんと上下に打ちつける。

「はあっ、こんなのぉ……こんなのってえっ……」

深波は背筋をぎゅんとしならせながら喜悦に咽ぶ。

「すっ、すごいぃっ……こんなに感じちゃうなんてぇっ……感じすぎて、もう一度、キスしたくなっちゃうーっ……」

掠れるような声で囁くと、深波は涼太の身体に体重をかけるようにして、ゆっくりと身体の向きを百八十度変えた。これで、完全に元の騎乗位に戻る。

これをくるくると素早く回るようにできれば御所車《ごしょぐるま》という体位になるが、まだ二十一歳の深波にやすやすとできるような芸当ではない。これも夫が中折れなどせず元気だったという頃に、彼女に教えこんだというのだろうか。

「本当にすごいわ。だって、ずっとずっと硬いまんまなんだもの……」

感極まったように囁くと、深波は前のめりになると唇を重ねてきた。いきなり舌先を潜り込ませてくる濃厚な口づけだ。

「十分に硬いのを堪能しましたよね」

涼太の言葉に、深波は小さく頷いた。しかし、その表情は満足しきっているとは思えない。ふた回り年上の夫によって開発された女体は、涼太が想像していたよりもはるかに欲深いらしい。

「だったら、今度はぼくのペースでいきますよ」

涼太は深波の背中をぎゅっと抱き締めると、弾みをつけるようにして横向きに回転し、彼女の上に馬乗りになった。

「んんっ、ねえっ、今度はどんなふうにしてくれるの？」

深波は淫らな期待に瞳を潤ませる。涼太はルーズソックスに包まれている彼女の両の足首を高々と掲げ持つと、Vの字型に大きく割り広げ、いっきに深々と貫いた。

全体重をかけるようにして、牡杭の先端で膣内《なか》に潜んでいるキスをせがむ唇のように突きだした子宮口目がけて、激しくずんずんと突き入れていく。

夫の中折れに不満を持っているならば、それに対抗する手段はシンプルだが逞しさと硬さに満ちた抜き差しが一番に違いない。

「あっ、ああっ、おっ、奥まで……奥まで突き刺さってるぅっ……硬いの……硬すぎるぅっ、はぁん、こんなの……すごすぎるぅっ……」

深波は背筋をしならせながら、黒髪を振り乱した。頬や額に張りつく髪の毛がなんとも艶っぽい。

涼太は体重をかけるように前傾姿勢になった。若いだけに深波は股関節もびっくりするほどに柔らかい。涼太は彼女の左足を摑むと、ペニスが抜けないように用心深くV字形に割り広げた両足の間に、左足をゆっくりと潜り込ませた。

これで松葉崩しの体勢になる。正常位のように激しく抜き差しを楽しむというよりも、お互いのペースで感じる部位を探りながらこすりあげる体位だ。

「はあっ、こんな格好……はじめて……」

深波はとろみのある声で訴えた。何度絶頂を迎えたのかわからない彼女の身体は、不規則な痙攣を繰り返している。意識して動かせるとは思えない蜜壺や淫核がどくっ、どくっと脈動を打ち、肉質が柔らかい内腿が小さく震えている。

にゅぷ、ぢゅぷぷ……。

互いのリズムで腰を振り動かすたびに、深々と繋がった結合部からやや泡立った粘液が溢れ、淫猥極まりない音色を奏でる。

男は一度精液を噴射すればことが済むが、女の悦びはエンドレスらしい。まるで深波の快感の底なし沼の奥底へと、ずりずると引きずり込まれていくような錯覚を覚えてしまう。

ニャーンッ……。

そのときだ。主人である深波のただならぬようすを気遣うように、彼女が可愛がっている茶トラの琥珀が心配そうな鳴き声をあげた。

「あっ、琥珀ちゃんに……みっ、見られちゃってるぅっ……」

夫とのベッドで他の男と楽しんでいるという背徳感を再確認するように、深波は背筋をしならせ感極まった声をあげた。

「ひぁっ……またっ、ダメッ……ダメッ、また、イクイクッ……全身が蕩けちゃうっ。

かっ、硬いオチ×チンがたまんないの。これ以上、イッたら身体がどっかへ飛んでいっちゃいそうっ……！」

互いの足をVの字型に絡み合わせたまま、深波はわなわなと全身を震わせた。これ以上、ペニスでかき回したら、本当にどうにかなってしまうのではないか。そんなふうに思えてしまう。

それでも、絶頂の中を漂う蜜肉は容赦なくペニスを締めつけてくる。

「ああっ、ぼくも……限界が……でっ、射精《で》ます。もうこれ以上は……！」

絞りあげるような声をあげると、涼太は身体を戦慄かせ続ける深波の膣内《なか》に欲情の液体をドクッ、ブワッと放出した。

放心しきったふたりがベッドの上で倒れ込んでいると、ベッドに飛び乗った琥珀が深波の顔を心配そうにのぞき込んだ。

「大丈夫よ。でも、これは琥珀とわたしだけの秘密よ。ダーリンには絶対に内緒だからね」

そう言うと、深波は琥珀の頭を愛おしげに撫であげた。

第五章　感じさせたい人妻たちの乱交

お互いにいい関係を築きたい、そう申し出てくれた亜矢の言葉に嘘はなかった。彼女の口添えもあり、あっという間に作り置きオカズはビジネスとして軌道に乗った。

ほんの三カ月ほど前は先々のことを考えると、陰鬱《いんうつ》な気持ちになっていたのが信じられないほどに順調すぎて、涼太自身が戸惑ってしまうくらいだ。

亜矢が経営するフィットネスクラブの会員たちは、通常よりもワンランク上、いやそれ以上のサービスを求めている。

舌が肥えた会員にとっては、自身の食の好みを踏まえたうえで、栄養士がカロリーや栄養面を考え、プロの料理人が腕をふるうという趣向が見事にハマッたらしい。

ローテーションを考えても週に十軒が限界なのだが、すでにキャンセル待ちまで出るほど人気になっていた。

午前中は亜矢のクラブの会員たちの自宅を回り、午後からは作り置きオカズのアイデアを出してくれた彩季たちの元を回るというスケジュールになっている。

昼間は調理だけだが、午後からは熟れきった肢体を持て余す人妻たちが手ぐすねを引いて待ち構えている。こちらをいかに満足させるかも重要な任務になっていた。

いまのところ唯一身体の関係を求めてこないのは、彩季《さき》の幼馴染みである柚実《ゆみ》だけだ。

料理人としての仕事よりも人妻相手のセックスのほうが、体力的にはかなりハードだ。そのために土日を定休日に設定した。骨休みというよりも、下半身の休息という感じだ。

いくら二十代半ば、セックスを覚えたばかりでヤリたい盛りとはいえ、週に四日のペースは少々キツい。ましてや、相手はそう簡単には満足してくれない欲望を滾《たぎ》らせた人妻なのだ。

今日は火曜日、午前中は亜矢の会員の自宅で十二品ほど作り、休憩を兼ねて最近人気があるというエスニックの店でランチを済ませた。

流行に敏感な会員たちを飽きさせないためにも、常にアンテナを張り巡らせておくのも仕事の内だというのは、亜矢からのアドバイスだ。

午後は幼稚園に通う子供がいるので、買い物もひと苦労だという柚実のために食材を調達し、彼女のマンションへと向かった。

オートロックのエントランスでルームナンバーを押すと、インターホンの向こうから柚実の声が聞こえてきた。身長が百五十センチあるかないかという小柄な彼女だけに、声もなんとなく若々しい。

玄関を開けると、黒地に小花を散らした花柄のワンピースに、ふわふわとした白いモヘアのカーディガンを羽織った彼女が出迎えてくれた。

前髪の辺りでパツンと切り揃えた髪形と、やや内巻きにカールさせた黒髪。目元と口元を彩る控えめなヌードベージュのメイクがさらに童顔を強調し、三十五歳だという実年齢を知らなければとても人妻とは思えない。

「今回のメインは豚の角煮でしたっけ？」

「ええ、圧力鍋をお持ちだと伺っていたので、食べやすいようにとろっとろに仕上げますよ。お子さんがいらっしゃるので、八角茴香《スターアニス》などは控えめにします。もちろん、栄養バランスを考えて野菜もたっぷりです。特に冬は大根が美味しいですからね」

「さすがは涼太くんだわ。本当にわかってくれてるって感じだから、全面的にお任せできちゃう」

「コラーゲンがたっぷりなので美肌効果も期待できますし、生姜も入るので身体が温まりますよ」

涼太は料理や食材の説明をすると身支度を整え、作業に取りかかった。調理をしている間、ときおり様子を見にはくるものの、柚実はリビングの三人がけのソファに座り、かぎ針を使って編み物をしている。

テレビなどをセットしたオーディオラックが前に置かれているので、このソファは夫や子供との団欒《だんらん》の時間を過ごす場所でもあるのだろう。少しずつ形がはっきりとしてくるにしたがい、編みぐるみとよばれる動物などを模《かたど》ったものだとわかる。

慣れた手つきからしても、柚実はなかなか器用らしい。弁当作りに四苦八苦している希美のように、子供用の弁当のためのオカズ作りを頼まれたこともない。

それらを考えると、育児や家事に追わせるとはいえ、柚実がわざわざ作り置きオカズを頼むのはなんとなく不思議に思える。

調理が終わり、保存容器に詰め終わるころを見計らって柚実が珈琲を淹《い》れてくれた。フィルターを使う本格的な淹れかただ。涼太も作業用のエプロンを外した。

「立ちっぱなしだと、さすがに疲れちゃうでしょう？」

そう言うと、柚実はソファーの前に置かれたテーブルにコーヒーを運び、座るように促してくれた。何回かご馳走になっているせいか、涼太が砂糖もミルクも入れないブラック派だということも覚えてくれているようだ。

柚実に勧められるままに、彼女の右側に腰をおろした涼太はカップを口元に運んだ。やや深煎《ふかい》りの珈琲の香りが心地よい。小柄な柚実らしく、カップを持つ手もずいぶんと小ぶりで可愛らしい感じだ。

「美肌効果なんて聞くと期待しちゃうわあ。そういえば、最近彩季がめっきり綺麗というか色っぽくなったと思わない。元から顔立ちが整った子なんだけど、頬や唇がぷるぷるしちゃって女から見てもどきっとするくらいだわ」

唐突な言葉に、涼太は内心ぎくりとした。

「食べ物だけで、そんなに変わるものかしら。前にも言ったでしょう。彩季とは幼馴染みなの。だから、男の人の好みも十分すぎるくらいにわかってるのよ」

「ああ、そんなことをおっしゃっていましたね」

涼太は動揺を表に出さないように相槌を打った。表情は取《と》り繕《つくろ》うことができても、心臓の鼓動が早くなるのまでは抑えられない。

「彩季とわたしって、男の人の好みがモロに被るのよ。好きになった相手が同じで、バレンタインデーに告白合戦をしたことだってあったし、ふたり揃って見事に玉砕して、朝まで自棄カラオケをしたこともあったかしら。彩季の元カレと付き合ったこともあったし、逆にわたしの元カレと彩季が付き合っていたこともあるのよ」

柚実の口調はどこか懐かしげだ。

「だから、わかるのよ。彩季とシタでしょう？」

シタという意味深な言いかたに狼狽えたように、涼太の喉元が上下する。

「それだけじゃないわ。ママ友の希美ちゃんともシテると思うんだけど……」

柚実は決めつけるような口調で、さらに切り込んでくる。

「えっ、そんな……。柚実さんの勘違いじゃないですか……」

涼太は必死で平静さを装おうとした。手のひらがじわりと汗ばんでくる。

「女の勘を見くびらないほうがいいわよ。観察眼といったほうがいいかしら。涼太くんのことを話すときに、妙に声のニュアンスが変わったりジェスチャーが大きくなったりするのよね。例えるならば、恋する乙女モードって感じかしら」

柚実は涼太の顔をじっと見つめた。三人がけのソファに腰をおろしたふたりの距離は五十センチほどだ。恋人や友人とは違う、男女にとっては微妙な距離感だ。

「ねえ……」

ソファの上で尻を揺さぶると、柚実が少しずつ距離を詰めてくる。ふたりの距離は二十センチほどまで縮まった。

「どうして、彩季とはそういう関係なのに、わたしとはしないの？　彩季は女として魅力的だけど、わたしには魅力が足りないってこと？」

「いっ、いや……そういうわけじゃ……」

ストレートすぎる柚実の口調に涼太はたじたじになってしまい、彩季や希美と関係があったことを否定する言葉さえ思いつかない。

絶対的な否定の言葉を口にしないことが、暗に関係があったことを認めたことになってしまうであろうことにまで考えが及ばない。

「別に責めているわけじゃないのよ。でも、なんだか仲間外れにされているみたいな気分になっちゃうのよね」

そう言うと、柚実は尻を揺さぶってソファの上を移動し、涼太の身体にぴっちりと密着した。涼太の手を取り、花柄のワンピースに包まれた太腿にそっと乗せる。彼女の体温が手のひらに伝わってくる。

「もうっ、女がここまでしているのよ……。鈍いの、それともわたしには興味が湧かないからスルーするつもりなの……」

柚実は焦れたような声をあげると、いきなり抱きついてきた。ソファに腰をおろしていても、はっきりと身長差を感じる。小柄な肢体からふわりと漂ってくるスズランの香りが、どことなく少女のような可憐な雰囲気を漂わせる彼女によく似合っていた。彼女が抱きついた二の腕が、もっちりとした乳房のふくらみに包まれるのを感じる。ほのかにあどけなさを残した顔立ちをしているのに、その身体はしっかりと成熟した女の曲線を描いている。

「わたしってそんなに魅力がない……？」

どことなく切なさを感じさせる柚実の声が、涼太の牡の部分にずぅんと響く。十歳も年上の人妻に求められている。それは男として実に誇らしいことだし、妙齢の美女に恥をかかせるようなことがあってはならない。

柚実といままでそうならなかったのは、彼女のほうから積極的にしかけてこなかったからに他ならない。顧客とアルバイト、単純に考えてもそれは明白なことだった。

彼女はアンティークドールのようなちゅんとした唇を突きだした。キスをねだる合図《サイン》。かすかに上下する優美なカールを描くまつ毛が、揺れ動く彼女の胸の内を表しているみたいだ。

もしかしたら、幼馴染みだという彩季や、年下の希美への女としてのライバル意識が彼女を衝き動かしているのかも知れない。

若牡を誘惑しておきながら、その胸中では背徳感に苛《さいな》まれているのだろう。そんなところがいじらしさを滲ませる。

涼太が唇をそっと重ねると、悩ましげな吐息がこぼれてくる。軽く表面を重ねただけの口元が少しずつ斜めになり、どちらからともなく伸ばした生温かい舌先を絡め合う。

「……本当は、本当は……彩季たちのことがずっと羨ましかったの……」

柚実は胸の中にしまい込んでいた思いを打ち明けた。年上の熟女から情熱的に迫られ、押し倒されるのもいいが、こんなふうに遠慮がちに囁かれるのも男の心を、身体を熱くさせる。

名残り惜しさを覚えながらも唇を離すと、透明な唾液がつーっと糸を引き、ぷつっと途切れた。

涼太は柚実の頬を両手でそっと包み込んだ。じんわりと火照った頬が手のひらに吸いついてくる。彩季のことを羨ましいと口にしたが、柚実の肌だって負けず劣らずしっとりとした潤いを孕んでいた。

「涼太くんの手、あったかくて……気持ちがいい……」

柚実は半開きの唇からうっとりとした声を洩らした。彼女は涼太の手の甲に、手のひらをそっと重ねた。

「やっぱり、男の人の手って感じね。ぜんぜん大きさが違うもの」

柚実は涼太の手首を掴むと、ほっそりとした彼女とはまったく違う少し骨ばった男の手をしげしげと眺めた。

「前から思っていたの。指が長くて、素敵な感じの手だなって……」

熱い視線が指先にまとわりついてくる。

「本当に器用そうな指をしているのね……」

感慨深げに呟くと、柚実は涼太の人差し指をちろりと舐めあげた。

「んふっ、美味しい。ずっと、ずっと羨ましかったの。彩季はこの指先で愛されてるんだろうなって……」

柚実はまるで棒キャンディーでも味わうように、指先をねちっこく舐めしゃぶる。まるでずっとお預けを喰らっているペニスを舐め回すみたいな嬉々とした表情だ。

「ねえ、知ってる？　女には声フェチっていうタイプがいるの。好みの声を聞くと、身体の奥がじぃんと疼いちゃうって言えばいいのかしら。同じようにね、指フェチっていうのもいるのよ。好みのタイプの指先を見ているだけで、エッチなことを妄想して興奮しちゃうの」

柚実は声をうわずらせた。彼女の言葉を使うなら、きっと指フェチなのだろう。彼女の息遣いが乱れ、指を舐め回す舌使いが激しくなっていく。

「ずっと、この指を味わっていたなんて、彩季のことが妬《ねた》ましくなっちゃうっ」

嫉妬に駆られたかのように、柚実は前歯を立てて指先をきゅっと甘噛みした。料理人にとっては、指先は商売道具みたいなものだ。そのあたりは心得ているのか、極めてソフトなタッチだ。

ペニスならば彩季たちによって、たっぷりと舐め回されていた。亜矢に至っては舐め回すどころか、信じられないほど喉の奥深くまでがっちりと咥え込んでいた。いわゆるディープスロートというやつだ。

女に指先を舐められるという行為は、物心がついてからはじめてだが、いままでに感じたことがない斬新な甘美感が込みあげてくる。

触覚という点では指先は身体の中でも特に敏感な部分だし、料理人にとっては感覚を研ぎ澄ましておくべき部位でもある。

「おしゃぶりしていたら……感じちゃったたっ……」

指先とはいえ、舌先をねっちりと絡みつかせる舐めかたは、まさに「おしゃぶり」というに相応しい。その言い回しが絶妙に男心をそそる。

柚実は湿っぽい声で囁くと、ふわふわとしたモヘアのカーディガンを脱いだ。まるで身体が火照っているのと言いたげな仕草だ。あえて言葉には出さないところが、なんとも言えない奥ゆかしさを感じさせる。

「ねえ、女に恥をかかせたりはしないわよね」

甘えるような囁き。普段は意識したことがない指先を愛撫されたことで、涼太の身体も反応していた。耳や首筋、厚みの薄い胸元もそうだが、異性の熱気を帯びた息遣いやぬるついた舌の感触を感じると、性的な昂ぶりを感じずにはいられない。

「やっぱり、若い男の子って肌も綺麗ね。女から見ても、羨ましくなっちゃうくらいだわ」

涼太の耳元にかぷりと歯を立てると、柚実はワイシャツ越しに胸元を指先でまさぐってくる。触れるか触れないかの繊細なタッチ。まるで猫じゃらしの穂先でさわさわと悪戯をされているみたいだ。

彩季たちとの度重なる情事によって、胸元もすっかり開発されていた。一番敏感なのはぴぃんとしこり立っても五ミリ程度の大きさしかない乳首だが、その周囲の乳輪を軽やかになぞりあげられても、喉元がしなり、

「んんっ、くぅふんっ……」

と猫が喉を鳴らすような甘ったれた声が洩れるようになっていた。涼太の反応を確かめながら、柚実は牡の胸元を指先で軽快にクリックする。

「そんなエッチな声を聞いたら、余計に興奮しちゃうっ……」

見た目は美少女のような面影を残す柚実だが、その中身は外見とは真逆に完全に熟しきっている。ロリ系の熟女とでも言えばいいのだろうか。

柚実の指先がワイシャツのボタンを外しにかかる。すらりとした指先には、彩季が施したであろうホワイト系のネイルが塗られていた。ネイルには雪の結晶のような繊細な模様が描かれている。

「ふふっ、このネイルは彩季が塗ってくれたの。あの子ったら、昔から器用だったのよね」

柚実が見せびらかすように、涼太の目の前に指先をかざす。

「いやっ、柚実さんだって十分に器用じゃ……んぁっ……」

言いかけた涼太の声が裏返る。ワイシャツの中に隠れていた尖り立った乳首を、指先でつんっと刺激されたからだ。

彩季と柚実は幼馴染みだと聞いていた。それだけではない。日頃の会話などを聞いていれば、その親密具合も伝わってくる。

万が一にも幼馴染みのふたりに、それぞれと身体の関係を持ったことを知られたら、彼女たちはどんな反応を示すだろう。言葉の端々からふたりは親友でありながらも、根底にはライバル意識も持っていることを感じていた。

それが明らかになったらと思うと、空恐ろしいような気持ちが湧きあがってくる。女の嫉妬《ジェラシー》は男のそれとは比べ物にならないと、頬にひっかき傷をつけた先輩の料理人から聞いたことがあった。

それなのに、マズい展開になっていると思えば思うほどに、身体が過敏になっていくのを抑えられない。トランクスの中に押し込んだ若茎の先端から、粘ついた液体が噴きこぼれる感触を覚える。

「彩季とはたっぷりと楽しんだんでしょう。だったら、わたしともたっぷりと楽しみましょうよ」

柚実の言葉には、彩季への対抗《ライバル》意識が垣間見える。ワイシャツのボタンをある程度外すと、彼女はワイシャツの裾をチノパンツから引き抜くなり、インナーシャツをずるりとめくりあげた。

ちゅっ、ちゅぷぷぅっ……ちゅるぅぅっ……。

鼓膜が痺れるような音を立てながら柚実が胸元にむしゃぶりつき、大きく伸ばした舌先を乳輪に密着させゆるゆると刺激する。乳輪全体が舌先の熱を受け、じゅんと火照ったところで、彼女はわざと舌先の動きを止めた。

まるで意地悪くお預けをされているみたいだ。涼太はもどかしげな声を洩らした。男としては少々情けないような気もするが、鳩尾が苦しくなるような劣情にはもはや逆らいようがない。

「はぁっ、柚実さんっ……」

淫らなおねだりをするように、涼太は肢体を揺さぶった。チノパンツの中に閉じ込められた肉柱が暴動を起こしている。

「ぁはっ、ねえ、彩季とだったら、どっちが気持ちいい？」

柚実は底意地が悪い質問を投げかけてくる。そんなものは答えようがない。柚実とはセックスどころが、その素肌さえまともに目にしていないのだ。

涼太は男の胸中を察して欲しいとばかりに、ソファの上で身体をくねらせた。

「だったら、自分からチノパンツをおろしてよ。そうしたら、思いっきり気持ちがいいことをしてあげるわよ」

柚実が美味しそうな餌をぶらさげて、牡の劣情に揺さぶりをかける。チノパンツのファスナーは、生地に縫いつけた辺りがぎっちぎちに張り詰めていた。

柚実は露わになった乳輪を指先でぐっと押し広げて、つきゅと硬くなった乳首を舌先で執拗にこねくり回す。まるで、彩季とわたしのどちらかを選べと言っているみたいだ。

「柚実さんって、見た目によらず意外と意地が悪いんですね」

「そう。だったら、わたしだけを除《の》け者にしていた涼太くんのほうが、よっぽど意地悪だわ……」

柚実はくふっと笑いながら、しこり立ったまま収まる気配のない乳首を指先でつんと弾いた。硬くなっているのは、直径五ミリほどの乳首だけではない。トランクスの中のペニスの先端からは、潤みの強い先走りの液体でじゅわっと滲みだしている。

彩季の名前を出されるほどに、身体の奥深いところからイケないことをしているという背徳感が込みあげてくる。

こんなことが明らかになったら、亜矢の協力もあって着実にビジネスとして成功しかけている、作り置きオカズの企画がダメになるだけではない。

百年以上続く老舗の料亭をしている実家の看板に、泥を塗ることにもなりかねない。

そんなことはわかりすぎるほどにわかりきっているはずなのに、自制心に逆らうように肉柱は硬くなるいっぽうだ。

「んんっ……」

喉の奥を鳴らしながら、涼太は威きり勃った肉柱を強引に押さえつけて、チノパンツを脱ぎおろした。その下に隠れていたトランクスの前合わせは、まるで射精した直後のような夥《おびただ》しい粘液にまみれている。

「精液《ザーメン》特有の匂いがしないわね。ずっと我慢してくれていたのね」

柚実は形のいい鼻先を近づけて、卑猥なシミを形づくったトランクスの匂いを嗅いだ。トランクスの表地から滲みだした粘液を掬いとり口元に運ぶと、彼女は目元を緩めた。

「なんだか嬉しくなっちゃうわ。彩季になんか負けないくらいに、思いっきり感じさせてあげたくなっちゃうっ」

柚実はソファから立ちあがると、涼太に背を向けワンピースの背中のファスナーの留め具に手を伸ばした。年下の男の好奇に溢れた眼差しを浴びながら、少しずつ留め具を引きずりおろしていく。

背筋には余分な肉はついていない。トランジスタグラマーというのだろうか。人妻らしいボリューム感を感じさせる、胸元を包んでいる深紅のブラジャーの後ろ部分が現れる。

ファスナーをおろすと、ぷるんと張りだしたヒップを左右に揺さぶってワンピースを脱ぎおろす。きゅうんとくびれたウエストライン。ブラジャーとお揃いの深紅のショーツに隠されたヒップはぷるんと上を向いている。

牡の視線を意識するように、柚実がゆっくりと振り返る。乳房のふくらみは二の腕に感じていた以上の量感だ。Eカップはあるに違いない。小柄なだけに見るからに重たそうに見える。

「感じさせてあげたくなっちゃうって……」

涼太は撒き餌のように口にした柚実の言葉を投げ返した。艶熟した人妻たちとの度重なる情事によって、自分でも信じられないくらいに心身が強欲になっている。

「もうっ、そういうところは、やけにちゃんと覚えてるのね……」

柚実はキスによって、輪郭がぼやけルージュの色が淡くなった口元を綻ばせた。

「意外と欲張りさんなんだからぁ……」

彼女は愛らしい口元から生ウニのように粒だった舌先を伸ばすと、唇をちろりと舐め回した。その舌遣いを見ているだけで、はしたない妄想が真夏の積乱雲のように湧きあがってくる。

ランジェリー姿の柚実は、ソファに腰をおろした涼太の前に膝をついた。

「こんなにべったべたになるくらいに、我慢してくれていたなんて……」

うわずった声をあげるなり、柚実ははしたない粘液まみれのトランクスをずると引きずりおろした。

「あんっ、こんな……に……硬くしてえっ……」

言うが早いか、柚実は鈴口から牡の本能的な液体を垂れ流す肉柱に喰らいついた。

ずるっ、じゅりっ、ずるるぅっ……

上目遣いの柚実は、牡の欲望を滾らせた肉柱をすぼめた唇の中に含むと、舌先をねちねちと絡みつかせる。

ずずずぅっと卑猥な音を立てる熱烈な口唇奉仕は、まるで牡の精気を一滴残らず吸い尽くそうしてしているみたいだ。可愛らしいロリ顔と、熟女ならではの口唇奉仕のテクニックのギャップがたまらない。

「興奮しているんでしょう？　んふふふっ、タマタマがひくひくいってるわよ」

柚実の言葉の通りだ。焦らされていただけに、快感が背筋をざわざわと這いあがってくる。淫嚢の表面が波を打つみたいに無数の収縮を繰り返す。

「こうするとね、もっと気持ちがよくなるのよ」

彼女の唇の端からは、粘り気のある先走りの液体がわずかに溢れている。彼女はそれを指先で拭うと、まるでリップグロスを塗るみたいに、艶《あで》やかな唇にゆるりとなすりつけた。

さらにそれを舌先で、ちろりと舐めあげる。

「美味しいわぁっ、いかにも若々しいエキスって感じ。彩季が最近色っぽくなったのは、若さに溢れたエキスをたっぷりと貪っていたからかしら？　だったら、わたしもいっぱい吸収しないとイケないわよね」

柚実は淫靡な笑顔を浮かべると、完熟した桃のような色の舌先をぐうっと伸ばして、右に左にと揺さぶってみせた。妖しい蠢きに、否が応でも淫らな期待が込みあげてしまう。

「こうするとね、もっと気持ちがよくなるんじゃないかしら？」

牡の身体を炎上させるような台詞を口にすると、柚実は思っきり伸ばした舌先で肉柱の根元から亀頭の裏側へと通じる敏感なラインをでろりと舐めあげた。

平べったく広げた舌先が、ペニスにべったりとまとわりつくみたいだ。その心地よさに思わず鼻先がヒクつき、乱れた息が洩れてしまう。

潤みの強い粘液を噴きこぼす鈴口の中は、まるで中トロのような色合いだ。柚実はその割れ目を広げるように、すぼめた舌先で軽く突っつくように刺激する。熟女らしさが漂うねちっこさ満点の愛撫に、涼太は狂おしげに尻を揺さぶった。

「やぁんっ、感じちゃう……オチ×チンからぬるんぬるんのお汁がいっぱい出てくるのを見ているだけで、わたしまで溢れてきちゃいそうっ……」

床に膝をついた柚実はしどけなくヒップをくねらせた。深紅のショーツに包まれた逆ハート型の尻は、見るからにもっちりとしている。

「こうしたら、もっと気持ちがよくなっちゃうかしら……」

柚実はとろっとした声で囁くなり、まるで意志がある生き物のようにうにうにと不規則に蠢く淫嚢に、指先がきゅんと食い込ませた。薄い肉膜の中には、胡桃くらいの大きさの睾丸がふたつ収まっている。

睾丸の間に指先がにゅっと食い込むだけでも、思わずソファについた尻が沈み、悩ましい声が洩れてしまう。さらにふたつの睾丸をこすり合わせるように、やんわりと揉みしだく。

「こっ、これはぁ……」

涼太はまぶたをぎゅっとつぶって、喉の奥にこもった声を洩らした。オナニーのときに、玉袋を軽くいじったことはある。しかし、こんなにも強烈な快感を感じたのははじめてだ。

「もうっ、そんなに色っぽい声を聞いたら、余計に興奮しちゃうじゃない。もっと、もっとヨガらせたくなっちゃうっ……」

狂おしげに頭をよじる涼太の姿に、柚実も悩ましげな声をあげた。涼太の肉柱は鈴口から溢れだすカウパー氏腺液と柚実の唾液にまみれ、いかがわしく濡れ光っている。

「こういうことは……彩季はしてくれたかしら？」

彩季へのライバル心を燃えあがらせる柚実は、どちらかといえば小ぶりの唇を大きくあーんと開いた。

愛らしい小鼻をふくらませるようにして、薄い肉膜に包まれた右の睾丸をずるっと口の中に含む。敏感な玉袋の表皮ごと睾丸が、生温かい口内粘膜にずっぽりと包み込まれる感覚。

それはいままで味わったことがないものだ。ソファの上に座った涼太は、無意識のうちに座面に尻をずりずりと押し込んだ。少しでも意識をずらさないと、タマしゃぶりに熱中する柚実の顔目がけて、熱い液体を撒き散らしてしまいそうだ。

しかし、柚実の口撃はこんなものでは終わらない。ほっそりとした指先が、左の睾丸も少し強引に口の中にじりじりと押し込んでいく。

けっして広いくはない柚実の口の中で、左右の睾丸がずるずるとこすり合わされる。

さらに柚実は威きり勃った肉柱を、右手で上下にゆっくりとしごきあげた。

先走りの液体と彼女の唾液が混ざった、わずかに白みがかった卵白のような液体は、まるで天然のラブローションみたいだ。

「はうっ、いいっ、こんなのって……ああっ、気持ち……いいぃっ……」

下半身全体を覆うようなじんわりとした温かさとぬめぬめとした感触が心地よくて、鼻にかかったような甘ったれた声がこぼれてしまう。

「うっ、うあぁっ……」

ソファに尻をめり食い込ませながら、涼太は顎先を突きだして快美に咽《むせ》んだ。柚実の口の中では、ふたつの睾丸がきゅんきゅんと切なげに蠢いている。これ以上指先でしごきあげられたら、ペニスの先から熱い液体が迸ってしまいそうだ。

「だっ、ダメですっ、それ以上されたら……」

涼太はソファに沈めた尻を揺さぶって、情けない声で訴えた。その声に、柚実は口元を緩めてようやく睾丸を解放した
「もうっ、ずいぶんと可愛い声を出すのねぇ。本当に可愛くて萌えちゃうわ。ずいぶんとツユダクなオチ×チンなのね……」

柚実の煮蕩けるような囁き声は、幼い子供を相手にするときとは別人みたいだ。子

供を幼稚園に送り迎えするときの姿も、ママ友と世間話をするときの彼女も知っている。本当の彼女はどちらなのかわからなくなってしまう。

それでも、柚実が魅力的なのは間違いがない。女というのはギャップがあればあるほど、何倍もいや何十倍、何百倍も魅力的に思えるのかも知れない。

「どうだった。たっぷりと感じてくれたかしら？」

柚実はゆっくりと立ちあがると、背中に両手を回し、ゴージャスなモチーフをたっぷりとあしらった深紅のブラジャーの後ろホックを外した。

身長百五十センチあるかないかの小柄な肢体には不似合いな、こんもりとした双乳が呼吸に合わせるみたいに揺れる。その頂きはやや赤みが濃く、ひと口サイズの苺ミルクのキャンディーのような色だ。

「涼太くんのおっぱいって、すっごく可愛らしいのね。感度もよくて最高だわ」

柚実は艶っぽく笑うと、ソファに座った涼太の両足の間にゆっくりと膝をついた。前傾姿勢になり、涼太の胸元をねちっこいタッチでれろりれろりと舐め回す。

まるで、唾液をたっぷりとなすりつけているみたいだ。体温で温まった唾液の甘ったるい香りが、室内の雰囲気をいっそう淫靡なものに変えていく。

柚実は小柄な体格には似つかわしくないほど量感に溢れた乳房を、可愛がってとばかりに涼太に向かってぐっと突きだした。

子供がいるとは思えない、美味しそうな色合いの乳首に涼太がむしゃぶりつく。

「いいわぁ、おっぱいを舐められると……エッチな声が出ちゃうっ……」

乳首の根元に軽く歯を立てるようにしてぢゅるるっと吸いしゃぶると、柚実の声が悩ましさを増していく。食い込む歯をやんわりと押し返すような弾力が蠱惑的だ。

「こうすると、もっと気持ちよくなるかしら……」

柚実は両の手のひらで右の乳房を摑むと、つきゅと尖り立った乳首を涼太の胸元にくりくりと押しつけてきた。

唾液によってぬるついた涼太の乳輪の上を、凝り固まった乳首が軌跡を描くようにうわすべりする。乳輪や乳首の大きさは違うものの、男と女の間には感度に大きな差がないように思えてしまう。胸元がじぃんと疼き、熱を帯びるのを感じる。

「気持ちがよくて……アソコからいっぱい……あっ、溢れてきちゃうっ……」

涼太に向かい合うようにしてソファに膝をついた柚実は、ヒップをしどけなく揺さぶった。膝立ちになった身体を支えるように、涼太の首元に両手を絡みつかせる。そんな仕草にも、年上の人妻の欲深さみたいなものが滲んでいるように思える。

涼太は闘牛を挑発するような、深紅のショーツに包まれたヒップを両手で鷲摑みにした。小柄だが乳房だけではなく、優雅な弧を描く尻の張り具合も申し分ない。

ぷりぷりとした感触で、食い込ませる指先を押し返してくる。

「ねえっ、もっと気持ちよくして……エッチなこと、いっぱいして欲しいの……」

柚実は涼太の耳元にふーっと息を吹きかけながら、淫らなおねだりをした。ショーツ越しにヒップに指先を食い込ませていた涼太の指先が、太腿の付け根の辺りをゆるりと撫であげる。

ショーツに包まれているのに、太腿の付け根の辺りはうるうるとした水分を孕んでいた。さらさらとした汗とは明らかに違う、発情した牝が秘奥から滲ませる液体。

指先に感じるぬめりの出どころを探るように、指先を少しずつショーツの底へと近づけていく。

「やぁんーっ……すっごいことになっちゃってるぅっ……」

二枚重ねになっているショーツの表面まで、蜜液がじゅわりと染みだしている。指先でつーっとなぞりあげると、濃度の濃い愛液がショーツの中からさらに滲みだしてくる。もはやショーツを穿いている意味などないくらいだ。

「柚実さんだって感じてるじゃないですか」

「だっ、だって……」

くなる。

恥じらうように、柚実は桃尻をくねらせた。年上の人妻が身悶えるさまが、ひとりの男としての自尊心《プライド》をくすぐる。もっともっと淫液を滴らせ、悦びに喘ぐ声を聞きたくなる。

涼太は指先に意識を集中させると、ショーツの底をじっくりとまさぐった。女の切れ込みの形を忠実に再現するように、甘蜜が縦長に広がっている。ぬるついた布地越しに指先をゆっくりと動かすと、柚実の喘ぎ声が甲高《かんだか》さを増していく。

ショーツの上からでも鬱血した花びらの形を感じることができる。それよりもはっきりとわかるのは、花びらの合わせ目に潜んでいる肉の悦びが詰まったこりっ、こりっとしたクリトリスだ。

ストレートに舐められる気持ちよさは、涼太自身もわかっている。しかし、あえて焦らさせる悦びもそれに比べられないほど心地よいことだと、欲深い人妻たちによってその身に教え込まれていた。

「はあっ、ああんっ、あんまり焦らさないでよっ……。ああっ、頭が、頭がどうにかなっちゃいそうだわ……」

柚実は悩乱の声を迸らせた。指先にはっきりと淫核の感触がわかる。それはぷりっとした直径一センチにも満たない球状だ。個人差はあるだろうが、牡の一番敏感な性感帯は、亀頭とその裏側にあるきゅっと盛りあがった裏筋と呼ばれる辺りだろう。

それに相応するのが、きっと女にとってのクリトリスなのだろう。大きさが凝縮しているだけに、快感の大きさも男とは比べものにならないほどに濃縮されているに違いない。

「いいっ、たっ、たまんないっ、ぬるぬるのショーツ越しに弄《いじ》られると、おかしくなっちゃうっ……」

身体の内側から込みあげてくる悦びを伝えるように、柚実が涼太の身体にしがみついてくる。甘蜜が充満したショーツの中で、宝玉のようなクリトリスが可愛がってとねだるように、さらにふくらみを増している。

ショーツを脱がせて、直接愛撫をする方法もある。しかし、蜂蜜のようにねっとりとした愛液にまみれたショーツ越しに悪戯されるのは、また格別の快感があるように思える。その証拠に、指先がふやけてしまうのではないかと思えるほどに、柚実の蜜壺は牝蜜をどんどん溢れさせていた。

それだけではない。指先に感じる快感が詰まった真珠が、かすかな鼓動を打ちはじめている。

このまま、指先だけでイカせてみたい……。

そんな思いが涼太の胸を昂ぶらせる。涼太は人差し指の先で軽くひっかくように、淫核をリズミカルに刺激した。快感を懸命に堪えるように、柚実は涼太の身体に縋《すが》りついてくる。

「い、ひゃあっ……ぃいっ、イッちゃうっ……イクイクイクゥッ……！」

黒髪を振り乱しながら、柚実は悩乱の声を迸らせた。絶頂を迎えた蜜核が、濃厚な潤みによってふやけかけた人差し指にドクッ、ドクッという指先を押し返すような脈動を伝えてくる。

「ぁーんっ、ゆっ……指だけでイカされちゃうなんて……」

涼太の耳に口元を寄せながら、柚実は途切れ途切れの声を洩らした。涼太に抱きついた小柄な肢体が、不規則な痙攣を何度も何度も繰り返す。

「かっ、身体が欲張りになっちゃうっ、もっと、もっと欲しくなっちゃうっ……」

柚実はうわずった声で囁きながら、涼太の頬に頬ずりをした。

「欲しいって、なにが欲しいんですか？」

涼太はあえてわかりきったことを尋ねた。うるうると絡みつくような蜜壺を想像しただけで、肉柱がびゅくんっと跳ねあがる。具体的にナニが欲しいのかを聞いてみたくなるのは、牡の本能みたいなものかも知れない。

「いっ、意地悪ねっ、欲しいモノっていったら……決まってるじゃないっ……」

柚実はもどかしげに口元をヒクつかせた。乱れた息遣いが、彼女の昂ぶりを表している。

「ちゃんと言えないとあげませんよ」

涼太はアダルトビデオで見たような台詞を口にした。先に人妻をイカせたことが誇らしくてたまらない。ふやけた指先で、充血しきった肉豆をつんっと悪戯する。

「じっ、焦らさないでよっ……ねえ、早くぅっ、はっ、早くぅっ、硬いのが欲しいのよぉ。ねえ、早くぅっ、かっ、硬いのを頂戴《ちょうだい》っ……」

柚実は形のいい尻を揺さぶると、もう我慢ができないとばかりに深紅のショーツを自らの指先で引きおろしにかかった。涼太の肩を摑んだ手に体重を預け、片膝ずつあげながらショーツを引き抜いていく。

ソファに座った涼太の下半身を跨ぐように、柚実は膝立ちになって足を左右に大きく広げた体勢になった。

甘ったるい牝の匂いが強くなる。脱ぎ捨てたショーツのクロッチ部分は、夥しい愛液にまみれていた。牡を挑発する匂いにそそられるように、肉柱がぎぃんと力を増す。

涼太に正面から抱きついた柚実は腰を落としながら、蜜まみれの秘唇をペニスにずりずりとなすりつける。

「もうっ、いっ、意地悪なんだからぁ……。あーんっ、ほっ、欲しくてたまらないのよぉ……」

「欲しいって、ナニがそんなに欲しいんですか？」

この場に及んで、そんなことがわからないわけがない。涼太はわざと女心を苛む言葉を投げかけた。

「もうっ、欲しいっていえば、オチ×チンに決まってるじゃないっ……」

柚実は少しヒステリックとも思える声をあげた。硬く反り返ったペニスをしとどに濡れた女の割れ目をぐりぐりと押しつけてくる。

「ああっ、もうダメッ……がっ、我慢できないっ……」

蜜液にまみれた細い指先が怒張を握り締める。ぎちぎちに反り返った屹立《きつりつ》は、まるで表皮がぬるつく鰻やドジョウのように、ほっそりとした指先から逃げようとする。

「はあっ、意地が悪いんだから……」

柚実は焦れったげな声をあげて、ペニスをぎゅっと摑むと濡れまみれた蜜唇に押しつけた。腰を左右に小刻みに揺さぶるようにして、少しずつ飲み込んでいく。まるで、牡のシンボルの硬さをじっくりと味わっているみたいだ。

「ああっ、いいっ……硬いのぉ……オチ×チンが入ってくるぅっ……」

ソファに腰をおろした涼太の下半身に熟れた尻を密着させながら、柚実はEカップの胸元を喘がせた。指先での愛撫によってエクスタシーを迎えている媚肉が、嬉しそうに蠢きながらペニスに執念深く絡みついてくる。

「あぁん、もっと……うっ、動いてえっ……」

柚実はあられもない声をあげ、熟れ腰をくねらせた。涼太は射精感を堪えながら、腰を揺さぶる。

ソファの向かい側の壁際には、大型のテレビが設置されたオーディオラックが置かれていた。電源が入っていない漆黒の液晶画面には、涼太の腰に対面座位で跨った柚実の後ろ姿が映り込んでいた。

「柚実さん、腰をあげて……」

「え、どうして……？」

人妻の問いを封じ込めるように、涼太はわざと腰を引いた。

「あんっ……そんなの……いやぁん……」

ソファの上で前後させる涼太の腰の動きを追うように、柚実が下半身を押しつけてくるさまが、電源を入れてないテレビの液晶画面に映しだされている。

右へ左へとヒップを揺さぶる姿が、なんとも言えず艶っぽい。それを真正面から見たくてたまらなくなる。

涼太は柚実の顎先を捉えると、もう一度熱烈なキスを見舞った。舌先をねっちりと絡め、息をずうっと吸い込むような熱のこもった口づけ。

湿っぽい音を立てるキスを交わした後、柚実の身体をもう一度ぎゅっと抱き締める。

「はあっ、おかしくなっちゃいそうっ……」

その言葉が涼太の背中を押す。涼太は小柄な柚実の身体が浮かびあがるほど、大きく腰を跳ねあげた。

快感に酔い痴れていた柚実にとっては想像していない涼太の暴挙に、彼女は一瞬中腰になる。咥え込んでいた男根が抜ける感覚に、柚実は、

「やっ、やぁんんっ…ダメッ……抜かないでえっ……」

と身体をくねらせた。

その瞬間を狙っていたように、涼太はラテン系のダンスを真似るように柚実の身体を百八十度ターンさせた。

ふらつく柚実の身体を背後から抱き寄せると、そのままソファに腰を落としながら蜜壺に再突入を図る。これで背面座位の体勢になった。

「ひぁっ、また、はっ、入ってくるぅーっ……」

お預けを喰らったと思いかけていただけに、もう一度背後から貫かれた柚実は喜悦の喘ぎを洩らした。

涼太は反り返った男根が抜けないように、柚実の下半身をぐっと引き寄せた。結合感がよりいっそう強くなる。

乱れる息遣いに合わせて弾む乳房を背後から鷲摑みにすると、やや荒っぽいタッチで揉みしだく。乳房を下から支え持つようにしながら、左右の親指と人差し指の腹を使って尖り立った乳首をこね回すと、淫壺が嬉しそうにペニスを締めつけてくる。

なにも映っていないはずのテレビの画面には、下半身が深々と繫がった男女の姿が映し出されている。

「ほらっ、オマ×コがオチ×チンを咥え込んでいるところが、テレビに思いっきり映ってますよ」

首元をしならせて快感を貪っている柚実の耳元で囁くと、彼女はハッとしたように身体をヒクつかせた。柚実の視界にもテレビの液晶画面が入る。

「はあんっ、こんなに深く刺さっちゃってるぅっ……」

漆黒の液晶画面はまるで鏡面のように、ふたりの痴態をそのまま映しだしている。

ドラマや映画のようなカラー画面ではなく、天井からの灯《あか》りによって照らしだされた、ややぼんやりとした色合いが妙に生々しい。

「はぁっ、こんなのぉ……」

柚実の声が裏返る。

「ひゃあんっ、こんなにずっぽり挿入《はい》っちゃってるなんてぇ……」

柚実は額に髪の毛を張りつけながら、惑乱の声をあげる。それでも牡の下半身から逃れようとはしない。むしろ、その逞しさを味わうように臀部をぐぐっと押しつけてくる。

「すっ、すごいっ、かっ、感じるっ……ヘッ、ヘンになっちゃうっ……」

彼女は液晶画面に映る淫らすぎる姿に、酸欠状態になってしまうのではないかと心配になるような乱れた喘ぎ声をあげる。

「ひぁっ、ダメよぉ、もうっ、がっ、我慢できないぃっ……」

柚実はすらりとした指先で、赤く充血しきったクリトリスをこすりあげた。指先が動くたびに、膣内《なか》がペニスをこれでもかとばかりに締めあげる。

「ああっ、そんなにキツくしたらぁ……」

涼太は奥歯を食いしばった。粘膜色の肉と肉がこすれ合う快感は強いに決まっている。それだけではない、電源を入れていない暗いテレビの画面に映り込む、男女の結合部に視線が釘づけになってしまう。視覚は牡にとって重要すぎる興奮材料だ。

「ああっ……、もっ、我慢がぁ……」

涼太は頭を左右に揺さぶりながら、快感と戸惑いが入り混じった声を洩らした。まるで自身が淫らなビデオに出演しているような錯覚が、興奮を極限まで高めていく。

涼太の腰の動きが荒っぽくなるとともに、淫核をまさぐる柚実の指使いも激しくなっていく。

「もっ、もうっ……これ以上はぁ……でっ、射精《で》ちゃいますっ……。ああっ、射精《で》るぅーっ！」

「いいわっ、発射《だ》してっ、思いっきり膣内《なか》に発射《だ》してぇーっ……イクッ、わたしも……後ろから突かれながら……イッ、イッちゃうっ……！」

びゅくっ、びゅくっと不規則な蠢きを繰り返す柚実の膣内に、盛大な打ち上げ花火があがる。ドドッ、ドビュビューン……。まさに特大の十尺玉だ。

「ああっ、熱いのがいっぱいっ……」

柚実の深淵に熱い樹液を放出しても、下半身を包む快感はそう簡単には抜けきらない。それどころか、柚実は硬さを失わないペニスを咥え込んだまま、解放しようとはしない。

「はあーっ、もっともっと感じたくなっちゃうっ……。かっ、身体がどんどんおかしくなっちゃうの……」

柚実はテレビの液晶画面に映り込む男女の結合部分に、食い入るような視線を注いでいる。

「はーんっ、身体がもっともっと欲張りになっちゃうみたいっ……」

彼女のすらりとした指先が、液晶画面とシンクロするようにふっくらと隆起したクリトリスを撫で回す。

涼太は胸板を上下させながらソファに背中を預け、唸るような声を洩らし続ける。

そのときだ。

ガチャリという鈍い金属音が鳴った。それは玄関の鍵を外す音に違いなかった。涼太は慌てて壁の時計に視線をやった。時計の針は午後四時を示している。

いままでこんな時間に訪問者が来たことはない。ましてや鍵を持っているということは、少なくともこの家に関係がある人間ということだ。

ドアが開く気配とともに、何者かがいままさにふたりが繋がっているリビングへと近づいてくる。あからさますぎるこんな状況では言い訳のしようもない。

「うぁ……」

パニックのあまり、言葉さえも出なくなっている。柚実にだって、何者かが室内に入ってきた気配はわかっているはずだ。

それにもかかわらず、柚実は涼太の身体から離れようとはしない。状況は涼太の理解を完全に超えていた。

少しずつ近づいてくる足音に、涼太は身体が硬直するのを覚えた。異常なほどに喉の渇きを覚える。

廊下とリビングを仕切るドアは、八枚ほどの曇りガラスが並ぶデザインだ。人影が映り込んだ瞬間、かすかな音を立ててドアが開いた。

そこに立っていたのは……。

「あらっ、思っていたよりも遅かったじゃない」

訪問者に向かって柚実が声をかける。

「お楽しみのところを邪魔したらいけないと思って気を遣ったんだけれど、まだ早かったみたいね」

そこに立っていたのは、同じマンションに住む彩季だった。

「涼太くんのことを驚かせちゃったわね。実は前に妊娠中に柚実が具合が悪くなったことがあったから、いざというときのためにお互いにツーロックの鍵のうちのひとつを合い鍵として渡しているのよ」

ソファの上で繋がったふたりの姿に、彩季は少し目のやり場に困ったような表情を浮かべた。

「ずいぶんとお楽しみだったみたいね」

「うん、じっくりと楽しませてもらったわ」

ふたりが交わす言葉の意味すらがわからず戸惑う涼太を横目に、彩季と柚実は楽しそうに声を弾ませている。

「なんていうのかしら。人の口に戸は立てられぬっていうじゃない。特に女の口はね。わたしたちも家庭があるから、楽しむならば安全に楽しみたいのよ。いわゆる互助会みたいな感じかしら？」

「確かにね。いざというときには、お互いにアリバイ工作だってするものね」

あっけらかんと笑う人妻たちの言葉に、涼太は面喰うばかりだ。

「……ってことは、まさか希美さんや亜矢さんたちも……？」

「そう、察しがいいわね。涼太くんはビジネスが軌道《きどう》に乗ったし、わたしたちも楽しんでいるし、みんなハッピーだと思わない？　なんだかふたりの姿を見ていたら、疼いてきちゃった。ねえ、わたしも混ぜてくれるでしょう？」

「よく言うわよ。最初からその気で来ているんでしょう」

彩季の言葉に、涼太の身体に跨ったまま柚実は見せびらかすように深々と繋がった肢体を揺さぶった。

「じゃあ、オッケーってことね。涼太くんは少しハードだけど、若いんだから頑張れるわよね」

彩季は艶然と笑うと、羽織っていたロングコートを脱ぐとハンガーにかけた。幼馴染みだけに、勝手知ったる他人の家という感じらしい。

コートの下に着けていたのは、黒いブラジャーとお揃いのショーツだった。ご丁寧にガーターベルトを着けてストッキングを吊っている。

「もう何回戦目かはわからないけれど、わたしのことも悦ばせてね」

ランジェリー姿の彩季はソファに腰をおろしたままの涼太の元に近づくと、いきなり舌を潜り込ませる濃厚なキスをした——。


（了）

※本作品はフィクションです。作品内に登場する
団体、人物、地域等は実在のものとは関係ありません。

美味《おい》しい人妻《ひとづま》ハーレム
〈書き下ろし長編官能小説〉
2023年1月23日初版第一刷発行

著者……………………………………………鷹澤フブキ

デザイン…………………………………………小林厚二

発行人…………………………………………後藤明信
発行所………………………………………株式会社竹書房
〒102-0075　東京都千代田区三番町8-1
三番町東急ビル6F
email：info@takeshobo.co.jp
竹書房ホームページ　http://www.takeshobo.co.jp
印刷所……………………………中央精版印刷株式会社